朝のかたち

谷川俊太郎詩集 II

谷川俊太郎

角川文庫
21295

目次

夜中に台所でぼくはきみに話しかけたかった

旅

〈一九六八年〉

anonym 1

黙っているのなら
黙っていると言わねばならない
書けないのなら
書けないと書かねばならない

そこにしか精神はない
たとえどんなに疲れていようと
一本の樹によらず　一羽の鳥によらず
一語によって私は人

君に答えて貰おうとは思わない
君はただ椅子に凭れ
君はただ衆を恃め

けれど私は答えるだろう
いま雑木林に消えてゆく光に
聞き得ぬ悲鳴　その静けさに

anonym 2

母ちゃん——
それは私の子の声だったろうか
それとも誰かの

あんなに怯えて
どうしてやればいいのだろう
お前は全体を知ってしまう
私が部分しか示してやれぬうちに

駆けつづけて
どっちへ行ったのか
泣きはしないで

もう私には探せない
ひとつの叫び
別の子が聞きわけてくれるだろうか
いつか

anonym 3

武満徹に

白い大きい五線紙の片隅
音は涌き始めていた

孑孑《ぼうふら》のように

胸の奥の
塞がれた空洞から
息は吐かれ
春の大気とまじり合う

誰も聴こうとはしない
だが誰もの耳が開いている今
レエスのカーテンは風に揺れ
子等は喚き

白い大きい沈黙の片隅
音は涌き始めていた
星雲のように　遠く

anonym 4

今轢かれた猫の死体の上に
午後の陽がおちている
とどまろうと思えば
そこに一生の間とどまっていられる魂は

けれど一瞬に過ぎ去る
そんなに多くのものを残したまま
無言で

どんなに小さなものについても
語り尽くすことはできない
沈黙の中身は
すべて言葉

金色に輝く雲の縁
音楽の
誘惑

anonym 5

白い　礫のような鳥のむこう
湧きあがる雲の背景
生きようとこんなに強く願いながら
私は今日　死んでいい

どんな宣言が要るだろう
蝕まれた心のむこう
遠くさらに遠く

何かしら限りないひとつ
言葉に託すほどの事ではない
歌うほどの事でもない
呟き………

その呟きに
すでに優しい決意が宿る
行動へおもむく事を知らぬ決意が

anonym 6

匂いのようなもの
今あってすでに無いもの
無いのにもう満ち満ちているもの

時のようなもの

煉瓦の壁があり
その上でどうしてもつかまらぬもの
どうしても呼べぬ物
光のようなもの

光の中の虻
虻のうなっている羽根
ものの物の音《ね》——

のような
そのようなこと
その事

anonym 7

昨日書いていたのに
今日私はもう詩の書きかたを忘れている
私は手に何の職もない中年の男
欲望だけはまだ残っているが

何から始めればいいのだろう
塀の外の賑やかな話声
風が鳴らす硝子
私の息

世界は黙っている
私が黙っているかぎり
その束の間の均衡——

肘ついて
眼は壁をみつめて
私の姿はスフィンクス……

anonym 8

呼吸が乱れる想いとなり
想いは荒い吐息になる
吐息がおさえた呟きに変り
呟きは突然叫びと化する

だが言葉は
言葉は竟に定義されない
叫びが無言の行為となり

行為は絶えず死にみつめられ
それはいつか歌に転じ
歌はふたたび還ってくる
縺れあう群衆の呼吸へと

呼吸の内なる沈黙は
散りかかる木の葉の怒号　青空の悲鳴
累々たる死屍の咆哮

うつむく青年

〈一九七一年〉

大きなクリスマスツリーが立った

キラキラ光っていて
この世じゃないみたいにきれいだけど
これも人間がつくったものだよ
夜のあいだに大いそぎで
ビニールテープを巻いたりして
時々ビリッと感電したりして
つくった人は寒くて寒くて
きれいかどうかも分らなかったよ

キラキラ光っていて
永久に消えないみたいにまぶしいけど
いつかはこわしてしまうんだよ
すぐに新しい年がやってきて

これもあっという間に古くなる
きれいなもののいのちは短いのさ
ほんのちょっとにぎやかな気分になって
あとは夢のように忘れてしまうんだ

キラキラ光っているものは
どうしてもどこかに影をつくる
影しか見えない人だっているんだよ
影のほうがいいとすねてる人だっているんだ
そんな人にかぎってほんとうは
もっともっとキラキラと明るいものに
それが何かはよく分らないくせに
もう泣きたくなるほどこがれているのさ

おべんとうの歌

魔法壜のお茶が
ちっともさめていないことに
何度でも感激するのだ
白いごはんの中から
梅干が顔を出す瞬間に
いつもスリルを覚えるのだ
ゆで卵のからが
きれいにくるりとむけると
手柄でもたてた気になるのだ
（大切な薬みたいに
包んである塩）
キャラメルなどというものを
口に含むのを許されるのは

いい年をした大人にとって
こんな時だけ
奇蹟の時
おべんとうの時
空が青いということに
突然馬鹿か天才のように
夢中になってしまうのだ
小鳥の声が聞えるといって
オペラの幕が開くみたいに
しーんとするのだ
そしてびっくりする
自分がどんな小さなものに
幸せを感じているかを知って
そして少し腹を立てる
あんまり簡単に
幸せになった自分に

――あそこでは
そうあの廃坑になった町では
おべんとうのある子は
おべんとうを食べていた
そして
おべんとうのない子は
風の強い校庭で
黙ってぶらんこにのっていた
その短い記事と写真を
何故こんなにはっきり
記憶しているのだろう
どうすることもできぬ
くやしさが
泉のように湧きあがる
どうやってわかちあうのか
幸せを

どうやってわかちあうのか
不幸を

手の中の一個のおむすびは
地球のように
重い

平和

平和
それは空気のように
あたりまえなものだ
それを願う必要はない
ただそれを呼吸していればいい

平和
それは今日のように
退屈なものだ
それを歌う必要はない
ただそれに耐えればいい

平和
それは散文のように
素気ないものだ
それを祈ることはできない
祈るべき神がいないから

平和
それは花ではなく
花を育てる土
平和

それは歌ではなく
生きた唇

平和
それは旗ではなく
汚れた下着
平和
それは絵ではなく
古い額縁

平和を踏んづけ
平和を使いこなし
手に入れねばならぬ希望がある
平和と戦い
平和にうち勝って
手に入れねばならぬ喜びがある

みなもと

からだがからだにひかれて
こころはずっとおくれてついてくるのだ
はだとはだとがふれあって
ことばはもっとあとからかたられる
うつくしいもみにくいもない
ただそれだけのことを
太古から人間はくりかえしてきたのだ
たそがれのへやのうすくらがりに
あせがひかりいきがにおい
あたらしいいのちのはじまりのために
ちかうべきなにごともない
その無言にいま

しずかにまぎれこんでくるおんがく
群衆のような弦楽器たち
予言のような管楽器たち
ふたりをひきさくこころとことばの
あまりにもはやすぎるさきぶれとして

東京バラード

爆弾

少年は爆弾をつくった
長い間かかって　ひとりぼっちで
物置の中で時限爆弾をつくった
だが誰をやっつけるあてもなかった

少年は爆弾を爆発させてみたかった
大きな音と美しい火花と　そして
少女たちの驚きが欲しかった
ただそれだけのことだった

少年はにぎやかな街角の
ポストの下に爆弾を置いた
喫茶店で熱いミルクを飲んで
どきどきしながらその〈時〉を待った

美しい少女が連れた真白い仔犬が
ポストをみつけ……おしっこした
で　火薬はすっかりしめってしまった！

遊覧飛行

本を売った
立原道造の詩の本と
シャガールの画集とを
誕生日にもらった本を
少女は二冊とも売った
そのお金で草ぼうぼうの小さな飛行場に行き
ぶるぶるふるえる小さな飛行機に乗った
上から見ると家々は美しかった
人は誰も住んでいないかのようだった
廃液の流れる河の色は絵のようだった
においは何もしなかった
遠くに見たこともない山脈があって
その向こうにもまた山脈があった

心の中で音楽が鳴っていた
かすかなさびしい音楽が
地面におりるとはじめて
めまいが少女を襲った

彼の東京

尾張町の交叉点のまんなかで
グランドピアノが鳴っている
六トン積みのダンプカーが
真珠を撒きちらしながら疾走する
デパートのエスカレーターの上で
牝鹿と牡鹿が突然出会う
プラネタリウムの空から
ほんものの雪が降ってくる――
東京をそんなふうに演出しようと

彼はせっせと金をためた
だが三万二千百六十円たまった時
彼はそれを全部おろして旅に出た
東京から離れたい一心で
岬に向かう急行列車にとびのった
彼に裏切られたあとも
東京は相変らず細胞分裂をつづけている

小さな密室

軽自動車の小さな密室の中で
彼はいつもひとりぼっちだった
軽自動車の小さなバックミラーで
彼は彼女を見染めた
軽自動車の小さな密室の中で
ふたりははじめて接吻した

軽自動車の小さな密室の中から
大きな夕陽が見えた
軽自動車の小さな密室の中の
小さな幸せ小さな平和
だが軽自動車の小さな密室の中で
鼻つきあわせるのにふたりはすぐ飽きた
軽自動車の小さな窓にうつる
流れてゆく歴史無縁な他人
軽自動車の小さな密室の中で
彼はまたひとりぼっちになった

ふたつの東京

郵便局でありったけの貯金をおろし
一張羅の背広を着こんで
旅行鞄には古新聞をつめこみ

彼は外国名前のホテルに出かけた
ふかふかのベッドに眠り（ひとりで）
朝はオートミールとメロンを食べ
昼には三度もシャワーを浴び
夜はペルーの男と一緒に観光バスに乗った
ＴＯＫＹＯはにぎやかだった
ＴＯＫＹＯは大きかった
ＴＯＫＹＯはしゃれていた
彼はどこかへ絵葉書を出したかった
だが出すあてはどこにもなかった
そこで彼は下宿に宛てて自分に書いた
〈ＴＯＫＹＯにはすべてがある〉と
彼が下宿に帰ってきた時
絵葉書は万年床の上できらきら光っていた

歌

男の唄

男は煙草に火をつける
へんにかわいい横顔だ
男の心の底の底
それは誰にも分らない
男のなかに空がある
青く果てない　ああ空がある

男はネクタイむすんでる
へんにずるそうな横顔だ
男の心の底の底

それは女にゃ分らない
男のなかに穴がある
深くうつろな　ああ穴がある
男はひとりで海見てる
へんにさびしい横顔だ
男の心の底の底
それは男も分らない
男のなかに火がもえる
消すに消せない　ああ火がもえる

虹

町の上に虹がかかった
虹はちっとも重くなかった

俺は虹が好きだ
町の上に虹がかかった
虹のむこうは敵陣だった
俺は虹が好きだ

町の上に虹がかかった
虹にむかってバズーカ射った
俺は虹が好きだ

町の上に虹がかかった
虹をだあれもこわせなかった
俺は虹が好きだ

町の上に虹がかかった
虹を蝶々が飛びこえてった

俺は虹が好きだ
町の上に虹がかかった
虹が今では信じられない
俺は虹が好きだ

空に小鳥がいなくなった日

〈一九七四年〉

朝のかたち

からだの中に

からだの中に
深いさけびがあり
口はそれ故につぐまれる

からだの中に
明けることのない夜があり
眼はそれ故にみはられる

からだの中に
ころがってゆく石があり

足はそれ故に立ちどまる

からだの中に
閉じられた回路があり
心はそれ故にひらかれる

からだの中に
いかなる比喩も語れぬものがあり
言葉はそれ故に記される

からだの中に
ああからだの中に
私をあなたにむすぶ血と肉があり

人はそれ故にこんなにも
ひとりひとりだ

祝婚断章

どんな贈物も
ふたりを祝うには小さすぎる
ふたりは互いに自らを贈りあっている

どんな言葉も
愛を語るにはうるさすぎる
ふたりはみつめあう魂の静けさを知っている

どんな儀式も
誓いのためには軽すぎる
ふたりがともにひとつの運命を択ぶ今

そしてどんな旅も
ふたりの未来に遠すぎるということはない
ふたりは青空の部屋で大地の褥《しとね》に横たわる

*

鏡

自分と別れ
未知の生活の夜へと発つ最後の時
私はだれ？

*

Wedding dress

愛するひとのために
装うのではない

愛するただひとりのために
あなたの清らかな裸身を
人々の眼からかくすのだ

*

指環

なんという小さな枷《かせ》
なんという自由な枷
愛しあう
無実の罪人同志の

*

写真

アルバムにはるには早すぎる

一枚の写真の中の……
思い出にすでに未来が
愛にすでに過去が
ふたりにすでに孤独がある

＊

シャンパン

光となり音となり匂いとなり味となって
喜びのひろがるこのひととき
不死なるものは何ひとつなく
今日の輝き！

嫉まれるがいい
憎まれるがいい
幸福もまた無傷ではない

疑うがいい
苦しむがいい
愛もすでに無心ではない

*

honey moon

ふたりの旅にふるさとは無い
互いが互いのふるさとだから

ひとりとひとりではない
ふたりという名の天使
ふたりという名のけもの
ふたりという名の種子
ここから荒野へと

時に運ばれる種子——

男と女

恋の始まり

あなたのことを絶えず考えているのに
あなたの顔がどうしても思い出せない
気がついてみるとふと耳にした音楽の一節を
くり返しくり返し口ずさんでいるのだ
あなたに会いたいと思うのだが
それは情熱というよりむしろ好奇心で
自分がいったいどうなっているのか
もういちどあなたの前でたしかめたいのだ

それから先のことは思い浮ばない
あなたを抱くことも想像できない
ただあなた以外の世界がひどくけだるく
僕は高速度撮影の映画の中の俳優のように
ゆっくり煙草に火をつけるのだ
するとあなたなしで生きていることが
ひとつの快楽のようにも思えてくる
あなたはもしかするといつか僕が他国で見た
時をへた美しい彫像のひとつかもしれない
そのかたわらで噴水は高く陽に輝いていた

苦しみのわけ

あなたの苦しみのわけは
たとえ訊ねたとしても答のあろうはずはない

両手の指できつくまぶたを押さえて
あなたの顔は一瞬異星人のようにゆがんだ
あなたの手ひとつまだとりはしないのに
私はすでにあなたから去った男の一人なのだ
どんな慰めの言葉も口にしないで
ただあなたの体を抱くことが
一杯の熱いお茶ほどにも
あなたを安らかにすればそれでいいと
そう考えることすら私にはうすっぺらな
人生相談の答の一行のように思える
あなたの苦しみに触れることができぬように
私はあなたの体にも触れることができない
と　そう私が思うのは優しさからではなく
優しさに対する恐怖からだ
あとはもう沈黙しかないだろう
それもまたごまかしにすぎぬかもしれないが

その事

あやつられているのだとは思わない
だが自分でもどうにもならぬ事を
まるで自分の意志のように行うのは
こっけいで哀しくてそのくせ安らかだ
こうしてあなたのかたわらに横たわって
呼吸の静まるのを待っている間
愛という事など考えようもない
あれは何だったのだろうか
あのなめらかで熱くきりのないものは
あんなへんなもののふれあいに
心までもがくつろいで深い息をして
目は星ひとつない闇を見

耳は言葉にならぬうめきを聞き
私は溶けていなくなってしまうのに
あなたは底知れず優しく豊かになり
人と人とのどんな関係も追いつかない虚空で
この世でいちばん最初のものが
生まれ出ようとして私からほとばしった
今のこの全い静けさの中から
何を云い出すことができようか
私はただ一杯の水を求めて闇に立ち上る

いさかいの終り

言葉が言葉をよび着古したスエターのように
私たちは互いに互いの心をほどいてしまった
よじれた敷布の上に横たわったあなたは

型で抜かれたプラスチックのマネキンで
言葉で動かすことのできるものは
何ひとつ残されてはいないと分ったから
私はあるだけの力をこめてあなたを撲った
それがあなたに触れるただひとつの途で
それももうあなたを怒らす事はできなかった
私にでもあなたにでもいいせめて
一しずくの涙があったらと願ったとき
あなたとのありとある思い出が
閃光のように闇に浮びそして消えた
私たちをへだてているのはこんなにも薄く
こんなにも乾いた私たち自身の皮膚
さようならという言葉すら美しすぎるのだ
私に向って起伏する荒野のような
あなたの背中の地平に

ほほえみの意味

昼間あんなにもひどい言葉で私を傷つけた唇が
今は意味のない呻きの形にひらかれている
たたなずく屋根また屋根のそのいちいちの下で
いったい何人の我々がこうしていることだろう
あなたがあなたのことしか考えぬように
私も私のことしか考えることができないのに
ひとりではつくれない未来のために
こころごころに不安な計画をあたためている
焦点の定まらぬあなたの視線は私の肩をかすめ
雨もりのしみのある天井に向けられているが
その先にある宇宙は人間には大きすぎる
ちりばめられた星々に負けぬにぎやかさで
都会はいつまでもめざめているけれど

もうまぎらわすものは何ひとつないと覚って
私たちはこの小さな部屋に戻ってきた
番《つが》う犬番う小鳥とのただひとつのちがいは
お互いの頬に浮ぼうとするかすかなほほえみ
その意味は問えば失われてしまうだろう

古き良き機械たちに

いざない

私が思い出すのは単純な喜びだ
手製のライトプレーンが
初めて校舎の屋根を越えた日の
あの青空の手ざわりだ

はりつめた雁皮紙の翼を支えた
目に見えぬ大気の輝きだ

私が思い出すのは単純な畏れ
墜ちてゆくイカルスの若々しい体を
残酷な優しさで抱きとろうとする
母なる地球の愛の重力
草原に横たわる宇宙飛行士の
みひらかれた瞳にうつる空の深さ

一羽のかもめの無垢の優雅に
はるかに遠く及ばぬままに
人間は重い金属のかたまりを
いつかおそれ気もなく高くなげうつ
みずからの火に盲い
みずからの音に耳をおおって

しかもなお私が思い出すのは単純な憧れだ
この地上に足を踏みしめた
すべての子どもらの心をとらえる
まばゆい青　その解き難い色の謎
さらにそれを超えた
未知の闇の彼方にまばたくものの
いざないだ

わが友コンピューターに

僕はきみを見たことがある
きみは大きな箱のように単純な姿をしていた
僕はきみに触れたことがある
きみにはかすかだが体温があった

僕はきみを愛してはいないが怖れてもいない
きみはますます巨きくなるだろう
きみはますます利口になるだろう
でも僕は僕のままだろう
しゃくにさわるとか虫が好かぬとか
相変らずそんな小さな業すら捨てきれずに

だが二進法について何ひとつ知ってなくても
僕もきみのプログラマーだ
僕はきみに入力する　途方もない理想を
情報の奔流がすべての秘密を洗い流し
人間が自らの裸の心を
ただそれのみをみつめざるを得なくなるまで

憤りと哀しみのソネット

私　は

私は私を肯定する
無精ひげの私
睡眠不足の私を
おどおどすることはないのだ
私は樹のように立ち
水のように流れ
太陽に値いしている
きみに遠慮はしないぞ

きみが馬鹿なら
馬鹿と云ってやる
勝手にロケットを飛ばしてるがいい
私は息子とふたり
野原で
裸の腕に宇宙の烙印を押す

つもり

自分じゃ生きてるつもりで
歌いながら番《つが》いながら小鳥が死ぬ
自分じゃ生きてるつもりで
わきめもふらず働きながらひとが死ぬ

僕は自分が死ぬのはこわくない
こわいのは小鳥が死ぬこと
こわいのはひとが死ぬこと

自分じゃ生きてるつもりで
葉を風にそよがせて木が死ぬ
月に見守られながら海が死ぬ

自分じゃ生きてるつもりで
僕の書く言葉が死ぬ
木と海と小鳥とひとつの死体の上で
自分じゃ生きてるつもりで

私が歌う理由《わけ》

空に小鳥がいなくなった日

森にけものがいなくなった日
森はひっそり息をこらした
森にけものがいなくなった日
ヒトは道路をつくりつづけた

海に魚がいなくなった日
海はうつろにうねりうめいた
海に魚がいなくなった日
ヒトは港をつくりつづけた

街に子どもがいなくなった日
街はなおさらにぎやかだった
街に子どもがいなくなった日

ヒトは公園をつくりつづけた
ヒトに自分がいなくなった日
ヒトはたがいにとても似ていた
ヒトに自分がいなくなった日
ヒトは未来を信じつづけた

空に小鳥がいなくなった日
空は静かに涙ながした
空に小鳥がいなくなった日
ヒトは知らずに歌いつづけた

なんにもない

なんにもない　なんにもない

車もなければ家もない
ないないないないないづくし
なんにもないから楽しいんだ
生きているのが好きなんだ

なんにもない　なんにもない
着たきりすずめのすかんぴん
ないないないないないづくし
なんにもないからこわくないんだ
いつでも旅に出られるんだ

なんにもない　なんにもない
見栄もなければ嘘もない
ないないないないないづくし
なんにもないから空があるんだ
今日という日が始まるんだ

定義

〈一九七五年〉

そのものの名を呼ばぬ事に関する記述

その上縁は鋸歯状をなしていて、おそらく鋭利な工具によって切断されたものに違いない。その下縁は今、向う側に折れ曲った状態で私の視線の届かぬ所にあるけれど、その形態が上縁同様である事はほぼ確実に想像できる。左右の縁は上下の縁と直角の直線に切断されていて、こう記述した事により私はそのものの形状を、大きさと質感以外の面から明白にしたと言える。大きさについては、物指を用いて簡単に規定する事が可能だが、インチ或いはセンチメートル等の単位はもとより相対的なものに過ぎない。私はむしろより正確に、その長いほうの二辺（即ち上縁及び下縁）は、私の手の人差指の長さの約一・二倍、短いほうの二辺は、それよりも短いと推測し得ると書きとめる。

もちろん今在る位置から取り上げて測定すれば、もっと精密な表現が許されようが、そのものは私にとって不可触である。言語によってそのものを記述する行為に、或るささやかな聖性を与えたいと望んでいて、私は一種の禁欲を自らに課さざるを得ないと感じている。

さて限定された視覚のみによる判断では、それは銀色に輝く極く薄い物質である。過去の経験に照らして、それは見かけ上、或る種の紙であると結論する事ができよう。表面は平滑ではなく、いわゆる梨地状をしていて、そこはＨＡＲＩＳという文字群による一種の地紋が認められる。

そのものの固有の名前を私はもとより熟知している。その名をあえてここに記さぬのは韜晦からではない。それこそが一篇の主題であるからに他ならない。そのものが偶然に（故に既に必然的に）私の目前に存在しているその因果についても、私は述べない。それはまたおのずからこの記述とは別の主題、別の方法を要請するであろうから。

道化師の朝の歌

それは在るのではないだろうか。何かなのではないだろうか。

誰も表現はしていないが、輪廓は明瞭だと思う。永遠にその位置を保つとは考えられないが、今は光を僅かに反射していると思う。影も落ちていると思う。それは無いはずがなく、何故か何かのようなのだ。

だがもし何かであるなら、たとえ誰にも使用されぬとしても、何でもいいとは思えないと思われる。何か何かであってほしいような気がする。何かでないはずはないのではないだろうか。何かでないとしたら、いったい何でありうるのか。何か以外に何もないではないかではないか。

ちっとも曖昧ではないのだから、やはり何かなのではないだろうかしら。何かだとしたら何なのだろうかとは問えぬ何か、何でもないと答えることのできぬ何か、何か何ではない何かであっていいと思うのではないか。

貝、縄、眩暈などと言うのはたやすすぎるから、それは何か以外の何ものでもないほど、何かであれ。ごろんと、又はふわふわと。

(正直なところ、世界がそこで始まってくれるといい、或いは——終ってしまってもいいと思うのである)

なんでもないものの尊厳

なんでもないものが、なんでもなくごろんところがっていて、なんでもないものと、なんでもないものとの間に、なんでもない関係がある。なんでもないものが、何故此の世に出現したのか、それを問おうにも問いかたが分らない。なんでもないものは、いつでもどこにでもさりげなくころがっていて、さしあたり私たちの生存を脅かさないのだが、なんでもないもののなんでもなさ故に、私たちは狼狽しつづけてきた。

なんでもないものは、毛深く手に触れてくることがあるし、眩しく輝いて目に訴えることがある。騒がしく耳を聾することがあるし、酸っぱく舌を刺戟することがある。だがなんでもないものは、他のなんでもないものと区別されると、そのなんでもなさを決定的に失う。なんでもないものを、一個の際限のない全体としてとらえることは、それを多様で微細な部分としてとらえることと矛盾しないが、なんでもな（以下抹消）

――筆者はなんでもないものを、なんでもなく述べることができない。筆者はなんでもないものを、常に何かであるかのように語ってしまう。その寸法を計り、その用不用を弁じ、その存在を主張し、その質感を表現することは、なんでもないものについての迷妄を増すに過ぎない。なんでもないものを定義できぬ理由が、言語の構造そのものにあるのか、或いはこの文体にあるのか、はたまた筆者の知力の欠陥にあるのかを判断する自由は、読者の側にある。

鋏

これは今、机の上で私の眼に見えている。これを今、私はとりあげることができる。これで今、私は紙を人の形に切ることができる。これで今、私は髪を丸坊主に刈ってしまうことすらできるかもしれない。もちろんこれで人を殺す可能性を除いての話だが。

けれどこれはまた、錆びつつあるものである、鈍りつつあるものである、古くさくなりつつあるものである。まだ役立つけれど、やがて捨てられるだろう。チリの鉱石から造られたのか、クルップの指が触れたのか、そんなことをもはや知る術はないにしても、これがいつかはまたかつてそうであったように人間のフォルムから脱して、もっと無限定な運命に帰ることは想像に難くない。これは今、机の上で、そういう時間を語っているものである。誰に向かってでもなく冷く無言で、まるでそうはしていないかのようにそうしているものである。自らに役立てようと人はこれを造ったのだが、役立つより先に、これはこうしてここにどうしようもなく在ってしまった。これは鋏としか呼べぬものではない。これは既に他の無数の名をもってるのだ。私がそれらの名でこれを呼ばぬのは、単に習慣にすぎないというよりも、むしろ自衛のためではあるまいか。

何故ならこれは、このように在るものは、私から言葉を抽き出す力をもっていて、私は言葉の糸によってほぐされてゆき、いつかこれよりもずっと稀薄な存在になりかねぬ危険に、常にさらされているからだ。

コップへの不可能な接近

それは底面はもつけれど頂面をもたない一個の円筒状をしていることが多い。それは直立している凹みである。それは重力の中心へと閉じている限定された空間である。それは或る一定量の液体を拡散させることなく地球の引力圏内に保持し得る。その内部に空気のみが充満している時、我々はそれを空と呼ぶのだが、その場合でもその輪廓は光によって明瞭に示され、その質量の実存は計器によるまでもなく、冷静な一瞥によって確認し得る。指ではじく時それは振動しひとつの音源を成す。時に合図として用いられ、稀に音楽の一単位としても用いられるけれど、その響きは用を超えた一種かたくなな自己充足感を有していて、耳を脅かす。それは食卓の上に置かれる。また、人の手につかまれる。しばしば人の手からすべり落ちる。事実それはたやすく故意に破壊することができ、破片と化することによって、凶器となる可能性をかくしている。

だが砕かれたあともそれは存在することをやめない。この瞬間地球上のそれらのすべてが粉微塵に破壊しつくされたとしても、我々はそれから逃れ去ることはできない。それぞれの文化圏においてさまざまに異なる表記法によって名を与えられているけれど、それはすでに我々にとって共通なひとつの固定観念として存在し、それを実際に（硝子で、木で、鉄で、土で）製作することが極刑を伴う罰則によって禁じられたとしても、それが存在するという悪夢から我々は自由ではないにちがいない。それは主として渇きをいやすために使用される一個の道具であり、極限の状況下にあっては互いに合わされくぼめられたふたつの掌以上の機能をもつものではないにもかかわらず、現在の多様化された人間生活の文脈の中で、時に朝の陽差のもとで、時に人工的な照明のもとで、それは疑いもなくひとつの美として沈黙している。我々の知性、我々の経験、我々の技術がそれをこの地上に生み出し、我々はそれを名づけ、きわめて当然のようにひとつながりの音声で指示するけれど、それが本当は何なのか——誰も正確な知識を持っているとは限らないのである。

不可避な汚物との邂逅

路上に放置されているその一塊の物の由来は正確に知り得ぬが、それを我々は躊躇する事なく汚物と呼ぶだろう。透明な液を伴った粘度の高い顆粒状の物質が白昼の光線に輝き、それが巧妙に模造された蠟細工でない事は、表面に現れては消える微小だが多数の気孔によっても知れる。その臭気は殆ど有毒と感じさせる程に鋭く、咄嗟に目をそむけ鼻を覆う事はたしかにどんな人間にも許されているし、それを取り除く義務は、公共体によって任命された清掃員にすら絶対的とは言い得ぬだろう。けれどそれを存在せぬ物のように偽り、自己の内部にその等価物が、常に生成している事実を無視する事は、衛生無害どころかむしろ忌むべき偽善に他ならぬのであり、ひいては我々の生きる世界の構造の重要な一環を見失わせるに至るだろう。

その物は微視的に見れば、分子の次元にまで解体し、他の有機物と大差ない一物質として科学の用意する目録の中に過不足ない位置を占めるだろうし、巨視的に見れば生物の新陳代謝の、また食物連鎖の一過程として、既に成立している秩序の内部に或る謙虚な機能を有しているとも言い得るだろう。事実そこには何匹かの蛆が生存を始めているし、如何なる先入観もなく判断し得ると仮定すれば、その臭気すら我々の口にする或る種の嗜好物のそれと必ずしも距ってはいないのだ。

だが言うまでもなく、それらの見方によって欺かれる程、我々の感覚は流動的ではない。その一塊の物が光にさらされ、風化し、分解し、塵埃となって大気に浮遊し、我々が知らずにそれを呼吸するに至るまでの間は、その存在に我々が一種の畏怖を覚える事は否定できぬ事実であって、そのような形でその物と向いあう人間精神は、その畏怖のうちにこそ、最も解明し難い自らの深部を露わにしていると言えよう。

りんごへの固執

紅いということはできない、色ではなくりんごなのだ。丸いということはできない、形ではなくりんごなのだ。酸っぱいということはできない、味ではなくりんごなのだ。高いということはできない、値段ではないりんごなのだ。きれいということはできない、美ではないりんごだ。分類することはできない、植物ではなく、りんごなのだから。

花咲くりんごだ。実るりんご、枝で風に揺れるりんごだ。雨に打たれるりんご、ついばまれるりんご、もぎとられるりんごだ。地に落ちるりんごだ。腐るりんごだ。種子のりんご、芽を吹くりんご。りんごと呼ぶ必要もないりんごだ。りんごでなくてもいいりんご、りんごであってもいいりんご、りんごであろうがなかろうが、ただひとつのりんごはすべてのりんご。紅玉だ、国光だ、王鈴だ、祝だ、きさきがけだ、べにさきがけだ、一個のりんごだ、三個の五個の一ダースの、七キロのりんご、十二トンのりんご二百万トンのりんごなのだ。生産されるりんご、運搬されるりんごだ。計量され梱包され取引されるりんご。消毒されるりんごだ、消化されるりんごだ、消費されるりんごである、消されるりんごです。りんごだあ！　りんごか？　それだ、そこにあるそれ、そのそれだ。そこのその、籠の中のそれ。テーブルから落下するそれ、画布にうつされるそれ、天火で焼かれるそれなのだ。子どもはそれを手にとり、それをかじる、それだ、その。いくら食べてもいくら腐っても、次から次へと枝々に湧き、きらきらと際限なく店頭にあふれるそれ。何のレプリカ、何時のレプリカ？

答えることはできない、りんごなのだ。問うことはできない、りんごなのだ。語ることはできない、ついにりんごでしかないのだ、いまだに……

私の家への道順の推敲

「あ、栗鼠！」と叫んで、少女は思わず手にした扇子をとり落した。〈私の家への道順の推敲〉より

地下鉄丸ノ内線と言えば、豊島区の池袋から南西の杉並区荻窪まで、直線距離にすればたかだか九粁ほどのところを、わざわざ茗荷谷、御茶ノ水、東京、銀座、四谷、新宿という工合に遠廻りして走ってるので評判である。

私の家は残念だが、その終点荻窪の一つ手前の駅、南阿

佐ケ谷に程近い。南阿佐ケ谷で地上に出ると、青梅街道沿いの歩道に立つのを避ける訳にはいかない。そこから仮に東へ歩き始めるとすると、街道の南側には杉並郵便局、つづいて杉並警察署、北側には杉並区役所が現実に立っていて、その先に一軒の運動用品店が、この場合、目に入るだろうと思う。その角を単に右折して青梅街道と別れるのが正しい。

さしたる曲折もなく杉並水道局を過ぎ、僅かな下り坂だけで住宅公団阿佐ケ谷団地に突き当る事のできるのも、その道ならではの話だ。おまけにあろう事か、最後の数十米はテニスコートに沿ってすらいる。だから、突き当って左折し、更に公衆電話ボックスを再び左折すると言っても、結果はテニスコートを半廻りするにひとしい。(但、杉並税務署は、二度目の左折後、右手に見る)その後はもう簡単だ。どこかそのあたりの狭隘な十字路の一つを曲り、他の一つを曲らなければいい。恐らく通俗的な煙草小売店の一軒や二軒には出会うだろうが、そんなところで道に迷う必要は全く無い。崖とか人造湖の如きものも存在しないから、危険は事実上無視できる。墓地に挟まれた小道を抜けて、結局八百屋のあるのが目印になるだろう。

言うまでもなく、八百屋の隣は酒屋、その隣は菓子屋、そして歯科医院、ペンキ屋、本屋、果物屋という風に周辺の共同体は連続している。北へ青梅街道を越えて、それはますます高密度化しつつ遂には国電阿佐ケ谷駅へと収斂する。その駅からも当然、私の家へ徒歩で達する事が可能だ。

灰についての私見

どんなに白い白も、ほんとうの白であったためしはない。

一点の翳もない白の中に、目に見えぬ微少な黒がかくれていて、それは常に白の構造そのものである。白は黒を敵視せぬどころか、むしろ白は白ゆえに黒を生み、黒をはぐくむと理解される。存在のその瞬間から白はすでに黒へと生き始めているのだ。

だが黒への長い過程に、どれだけの灰の諧調を経過するとしても、白は全い黒に化するその瞬間まで白であることをやめはしない。たとえ白の属性とは考えられていないもの、たとえば影、たとえば鈍さ、たとえば光の吸収等によって冒されているとしても、白は灰の仮面のかげで輝いている。白の死ぬ時は一瞬だ。その一瞬に白は跡形もなく霧消し、全い黒が立ち現れる。だが――

どんなに黒い黒も、ほんとうの黒であったためしはない。一点の輝きもない黒の中に目に見えぬ微少な白は遺伝子のようにかくれていて、それは常に黒の構造そのものである。存在のその瞬間から黒はすでに白へと生き始めている……

水遊びの観察

先ず初めに水に濡れた足跡が消え、次にはかわいいえくぼとつぶらな眼が消えた。桃色の爪が消え、黒い捲毛が消え、ひざこぞうが消える頃にはあっという間もなく青空が消え花々が消え、つづいて文字という文字が消えた。もちろん兵士等も消え、錐、金槌、ヤットコなどの工具類も消え、それは思想もまた消えたにちがいないと推測させるに十分だった。即ち最も確実なものから最も不確実なものまでが消えたのである。

こういう状態を、すべてが消えたと表現するのは怠惰な詩人の常套手段だが、実はその〈すべてが消えた〉も消えていたのであり、ということはこの〈すべてが消えたも消えていたのであり〉も消えてしまっていたのであるが、そんな字句の戯れにうつつをぬかす糸間もなく、次の瞬間には一匹のぴちぴちした鱒が現れた。と思う間もなくつづいて小川が、そして誰のものか分らぬ革鞄が、六法全書が、午後二時十三分が現れ、一方では恋人たちも現れ始めていた。そうしてまたたく間に水に濡れた足跡がふたたび現れ、かのS＊＊＊嬢（五歳五ケ月）の真裸のお腹とその真中の渦巻くおへそと上機嫌の笑顔もまた現れたのである。

世の終りのための細部

風もないのに青いりんごが枝から落ちる。放たれた羊たちは鳴き始め、夜になっても鳴き止まない。軋んでいた扉が羽根のように軽くなり、栞が頁の間からこぼれ、それから突然、竣工したばかりの歌劇場で、歌声が桟敷席までとどかなくなる。ステインドグラスに亀裂が走るのは仕方ないとしても、子供等が泣かなくなるのは耐え難い。蟻が巣に戻れなくなって、草の間で迷い、音叉時計の音叉がおしなべて半音高く響き始める頃には、何度たくしあげても靴下はずり落ち、卓子の脚は麻痺し、壁紙は発疹する。だが嫉妬と呼ばれる感情は消失するどころかますます激しさを加え、何ひとつ決定出来ぬため、家長たちの腹部は板状に硬直し、舟底状に陥没する。珈琲豆の在庫が底をつき、横を向いていたジャックが正面を凝視する頃になると、動物園の駱駝がうっそりと街に歩み出てくる。星々がいざりのようににじり寄り、鉄の彫刻が大槌に鋳直され、マンダラの仏たちが裾をからげて河をさかのぼり、孕んだ女たちが何ごとかも知らずに行列をつくり、すべての出来事は次の出来事の前兆となり、それでもなお勲章が授けられ、けれど徐々に世界の細部はその凹凸と、特有の臭気を喪失し始める。螺旋は伸び切り、直線は緊張を忘れて撓み、円は歪み、平行線は互いに外側へと背き合う。その滑稽を笑おうにも、筋肉はすでに皮膚に属していない。ブリキの破片の如きものが絶え間なく空から降ってくる。白痴の顔に、ついに人間が実現し得なかった叡智の影が宿る。大気が真空に吸いこまれてゆく。地球上のあらゆる言語が、文字を持つものも持たぬものも、Oの形の叫びに収斂し、その叫びを沈黙がゆるやかに渦巻きながら抱きとってゆく時、たんぽぽの種子がひとつ、地上に到達しようとむなしく頬のあたりをただよっている。

擬似解剖学的な自画像

私は苺を食べた。私には金の詰物をした大臼歯がある。

私は名前を知らぬ樹の若葉を見た。私には虹彩がある。私は合板に釘を打ちこんだ。私には上腕二頭筋がある。私はうろ覚えの歌の一節を繰り返した。私には舌下小丘がある。私は中杉通りの空気の中に、すれちがった女の化粧品の匂いを嗅いだ。私には亀頭がある。私は辞書を引きながら、いくつかの文字を書いた。私には指間球がある。私は何が重要なのかよく解らないので、私は私はと書きつづける。私には側頭葉がある。

私は自分が正確に何者であるか知ることを拒まれている。にもかかわらず私には、フェニルピルビック酸が含まれている。私は友人の不幸を心の底で喜んでいる自分を発見しつづけ、そういう自分の構造を支えているもののひとつとして、仙腸関節をもっている。私はまたマイスネル触覚小体をもっていて、電車の中で私に寄りかかってくる酔っ払いの汗ばんだ肌を知覚するが、彼の神経膠が自分のそれと同一であることを認めたがらない。私は死ぬまで私の虜であることを免れぬだろう。そのことが私に淡い眩暈を感じさせる。私には蝸牛導管があり、それは地球の重力を介して、未知の星間物質に接触している。私はいつか焼却炉で焼かれるだろう。一個の甲状軟骨を残して。

開かれた窓のある文例

窓が開かれている。開かれた窓は捩れた風の縄によって風景に接続される。いや開かれた窓はともすれば外部へと焦点を移動させようとする私の視線によって、ごく部分的にしか観察されていない。いや開かれた窓は褪色しつづける黄土色の塗料によって装飾されている。いや開かれた窓はその開放部を流動しつつ充塡している空気を介して、室外の微音を室内へ伝播する。いや開かれた窓はその開かれている状態によって、それを開いた人間の数分前の行為を記録している。いや開かれた窓は複数の工人の技術を、半世紀にわたって控え目に展示しつづけている。

いや開かれた窓は瑣末なひとつの幻想である。いかなる細部の描写も、話者の言葉の慰めのための粗野な材料であるに過ぎない。いや開かれた窓は無用なひとつの観念として、一人の人間と他の何人かの人間のあいだに、或る束の間の不安定な連帯を生じさせる。いや開かれた窓は今この瞬間に開かれている計量不可能な世界中の窓の総体を表徴している。いや開かれた窓は不断に実在から比喩へと転落しつづけるゆらめく映像のひとつである。いや開かれた窓はどんな譫妄的な文脈の中でも、破壊されることはない。いや開かれた窓は無意味だ。いや開かれた窓は憎悪を媒介する。

窓枠を一匹の蟻が匍う。窓が開かれている。

隠された名の名乗

初めての名は恐怖とともに叫ばれた。二番目の名は愕きゆえに声にならず、三番目の名は毛物の呻き、四番目の名は吐息にすぎず、五番目の名は闇に乗じて無声音で囁かれ、六番目の名はもはやタブー、七番目の名は不幸な笑声と区別がつかず、八番目の名は呪詛、九番目の名は喃語《なんご》、十番目の名はすでに階級を暗示した。十一番目と十二番目は言うまでもなく悪口雑言、十三番目の名は他の名から借りてこられた。十四番目の名は怠惰な擬声語、十五番目の名は、呼ばれた途端に死語となり、十六番目の名はくり返されず、十七番目の名は人を死へと追いやり、十八番目の名はそれを解釈し、十九番目の名は名ばかりの名であった。

さて、二十番目の名は何もかもひっくるめたものの名であり、二十一番目の名は何ものの名でもなく、二十二番目の名はたやすく万人の口にのぼり、二十三番目の名は眠りのように快く、二十四番目の名は夢うつつのうちに唱えられ、二十五番の名は彼方を指し示し、二十六番の名はついに無名であった……

かくて二十七番目に至ってようやく名は言葉に成り、名は名を生み、名は名を名づけ、名は名を否定して新しい名となり、名は癌細胞のように増殖をつづけ、あまつさえ名という名はすべて辞書に記載せられることになったのである。そして、それを免れた前記二十六の名は、もはやふさわしい音声も表記もなしに、人類の脛骨《むこうずね》のあたりに埋もれている。

な

十月二十六日午後十一時四十二分、私はなと書く。なの意味するところは、一、日本語中のなというひらがな文字。二、なという音によって指示可能な事、及び物の幻影及びそこからの連想の一切。即ちなにはなに始まり全世界に至る可能性が含まれている。三、私がなと書いた行為の記録。四、及びそれらのすべてに共通して内在している無意味。

十月二十六日午後十一時四十五分、私は書いたなを消しゴムで消す。なのあとの空白の意味するところは、前述の四項の否定、及びその否定の不可能なる事。即ちなを書いた事並びに消した事を記述しなければ、それらは他人にとって存在せず従ってその行為は失われる。が、もし記述すれば既に私はなを如何なる行為によっても否定し得ない。

なはかくして存在してしまった。十月二十六日午後十一時四十七分、私は私の生存の形式を裏切る事ができない。言語を超える事ができない。ただ一個のなによってすら。

夜中に台所でぼくはきみに話しかけたかった

〈一九七五年〉

ポール・クレーの絵による「絵本」のために

《雪の降る前》1929

かみはしろ
かみはゆき
かみはふゆ
えかきはたいよう
ゆきをとかす

えかきははる
みどりをぬる
えかきはなつ
あおをぬる

えかきはあき
あかをぬる
そしてまたいつのまにか――
えかきはたってる
あたらしいかみの
ゆきのちへいに

《階段の上の子供》1923

かいだんのうえのこどもに
きみははなしかけることができない
なくことができるだけだ
かいだんのうえのこどもがりゆうで
かいだんのうえのこどもに
きみはなにもあたえることができない

しぬことができるだけだ
かいだんのうえのこどものために
かいだんのうえのこどもはたったひとり
それなのになまえがない
だからきみはよぶことができない
きみはただよばれるだけだ

《黒い王様》1927

おなかをすかせたこどもは
おなかがすいているのでかなしかった
おなかがいっぱいのおうさまは
おなかがいっぱいなのでかなしかった
こどもはかぜのおとをきいた

おうさまはおんがくをきいた
ふたりともめになみだをうかべて
おなじひとつのほしのうえで

《ケトルドラム奏者》1940

どんなおおきなおとも
しずけさをこわすことはできない
どんなおおきなおとも
しずけさのなかでなりひびく

ことりのさえずりと
ミサイルのばくはつとを
しずけさはともにそのうでにだきとめる
しずけさはとわにそのうでに

《まじめな顔つき》1939

まじめなひとが
まじめにあるいてゆく
かなしい

まじめなひとが
まじめにないている
おかしい

まじめなひとが
まじめにあやまる
はらがたつ

まじめなひとが

まじめにひとをころす
おそろしい

《黄色い鳥のいる風景》1923

とりがいるから
そらがある
そらがあるから
ふうせんがある
ふうせんがあるから
こどもがはしってる
こどもがはしってるから
わらいがある
わらいがあるから
かなしみがある
いのりがある

ひざまずくじめんがある
じめんがあるから
みずがながれていて
きのうときょうがある
きいろいとりがいるから
すべてのいろとかたちとうごき
せかいがある

《選ばれた場所》1927

そこへゆこうとして
ことばはつまずき
ことばをおいこそうとして
たましいはあえぎ
けれどそのたましいのさきに
かすかなともしびのようなものがみえる

そこへゆこうとして
ゆめはばくはつし
ゆめをつらぬこうとして
くらやみはかがやき
けれどそのくらやみのさきに
まだおおきなあなのようなものがみえる

《あやつり人形劇場》1923

あやつられていることをしっているから
きみはそんなにふざけるのだ

いとはたるみ
いとははり
いとはもつれ
あやつるわたしのゆびさきへと

いとをつたっておくられてくる
　きみのいのち

あやつられているとしっているから
きみはよるそんなにもふかくねむる

《幻想喜歌劇「船乗り」から格闘の場面》1923

それはいつかどこかで
ほんとうにおこったたたかい
いいえゆめのなかでなく
いいえげきじょうのなかでなく
うみのまんなかで

あなたはおもいだす
あなたのうまれるまえのそのときを

あなたのいったことのないそこを
そしてさけぶ
おそろしさのあまり

べつのせかいへと
めざめることはできないのだ
ぬるぬるのうろこのうえをすべり
なまぐさいくちのなかへ
まるごとあなたはのみこまれる

《死と炎》1940

かわりにしんでくれるひとがいないので
わたしはじぶんでしなねばならない
だれのほねでもない
わたしはわたしのほねになる

かなしみ
かわのながれ
ひとびとのおしゃべり
あさつゆにぬれたくものす
そのどれひとつとして
わたしはたずさえてゆくことができない
せめてすきなうただけは
きこえていてはくれぬだろうか
わたしのほねのみみに

《黄金の魚》 1923

おおきなさかなはおおきなくちで
ちゅうくらいのさかなをたべ
ちゅうくらいのさかなは
ちいさなさかなをたべ

ちいさなさかなは
もっとちいさな
さかなをたべ
いのちはいのちをいけにえとして
ひかりかがやく
しあわせはふしあわせをやしないとして
はなひらく
どんなよろこびのふかいうみにも
ひとつぶのなみだが
とけていないということはない

誰《だれ》もしらない

〈一九七六年〉

誰《だれ》もしらない

お星《ほし》さまひとつ　プッチンともいで
こんがりやいて　いそいでたべて
おなかこわした　オコソトノ　ホ
誰《だれ》もしらない　ここだけのはなし

とうちゃんのぼうし　空飛《そらと》ぶ円盤《えんばん》
みかづきめがけ　空《そら》へなげたら
かえってこない　エケセテネ　へ
誰《だれ》もしらない　ここだけのはなし

としよりのみみず　やつでの下《した》で
すうじのおどり　そっとしゅくだい
おしえてくれた　ウクスツヌ　フ

誰《だれ》もしらない　ここだけのはなし
でたらめのことば　ひとりごといって
うしろをみたら　ひとくい土人《どじん》
わらって立《た》ってた　イキシチニ　ヒ
誰《だれ》もしらない　ここだけのはなし

月火水木金土日《げっかすいもくきんどにち》のうた

げつようび　わらってる
げらげらげらげらわらってる
おつきさまは　きがへんだ

かようび　おこってる
かっかっかっかっかっかっかっかっかっおこってる

ひばちのすみは　おこりんぼ

すいようび　およいでる
すいすいすいすいおよいでる
みずすましは　みずのうえ

もくようび　もえている
もくもくもくもくもえている
かじだかじだ　やまかじだ

きんようび　ひかってる
きらきらきらきらひかってる
おおばんこばん　つちのなか

どようび　ほっていく
どんどんどんどんほっていく

どこまでほっても　みつからない

にちようび　あそんじゃう
にこにこにこにこあそんじゃう
おひさまといっしょ　パパといっしょ

宇宙船《うちゅうせん》ペペペペランと弱虫《よわむし》ロン

ペペペペランは宇宙船《うちゅうせん》
むらさきのいろのあかつきに
アンドロメダへとびたった
のりくむ子《こ》ども二十七人《にじゅうしちにん》
たちまちに地球《ちきゅう》は
雲《くも》のかなた

ぺぺぺランは宇宙船《うちゅうせん》
くる日《ひ》くる年《とし》とびつづけ
いつか子どもは年《とし》をとり
次《つぎ》から次《つぎ》へ結婚式《けっこんしき》だ
なつかしい地球《ちきゅう》は
星《ほし》のかなた

一人《ひとり》のこったひとりもの
ひとりぼっちの料理番《りょうりばん》
弱虫《よわむし》ロンはししっ鼻《ぱな》
そのときぶつかる大《だい》ほうき星《ぼし》
ふるさとの地球《ちきゅう》は
はるかかなた

胴体《どうたい》にあいた大穴《おおあな》を
なおす勇気《ゆうき》はだれのもの

弱虫《よわむし》ロンはベソをかき
かなづち片手《かたて》みごとになおす
なつかしい地球《ちきゅう》は
星《ほし》のかなた

ペペペペランは宇宙船《うちゅうせん》
だいじな時間《じかん》むだにできぬ
弱虫《よわむし》ロンをおきざりに
ゆくえもしらずまっしぐら
ふるさとの地球《ちきゅう》は
はるかかなた

ペペペペランは宇宙船《うちゅうせん》
ギラギラ光《ひか》る星《ほし》の中《なか》
弱虫《よわむし》ロンは気《き》がふれた
星《ほし》のあいだをただよって

大《おお》きな声《こえ》で歌《うた》をうたう
なつかしい地球《ちきゅう》は
星《ほし》のかなた

そのほかに

〈一九七九年〉

便り

おたまじゃくしに
足も生えそろいましたにつき
常のごぶさたお詫びもうします

この春当地にては
葬式ふたっつ結婚式みっつ
とどこおりなく相すませ

からたちの花もほころび
かげ口などいつに変らず
忙しく暮らしおり候です

先生にはかつら御新調のよし

おめもじ待ち遠しいことなり
頓首

七頁

新高円寺　東高円寺　新中野
駅を三つ過ぎるあいだに吊皮につかまって
妻を刺し殺した革命家の物語を読み終えた
ひどい人種だ作家なんて　わずか七頁で
一人の男の一生を要約してしまうのだから

それから夜　寝る前に西洋梨を二つに切って
電動工具の型録を見ながら半分食べ
もう半分を冷蔵庫にしまってから思い直し
半分を半分に切って大きな方をとり

一寸迷ってから小さな方の四分の一を食べた
まだ歯を磨くという儀式が残っている
エトルリアの男たちも歯は磨いたのか
家の外にはきりのない暴力そして嘘
七頁でも多すぎるかもしれない　もし言葉が
相変らず人を欺きつづけているとしたら

地下鉄南阿佐ケ谷附近一九七四秋

ボウリング場は店じまいしたが
その下の本屋には書物があふれている
区役所のすじむかい郵便局のならび
新築中の警察署は九階建の地下二階とか
この町に四十年あまり暮して

行きつけの店と言えば床屋くらいのものか
二百十日の度にあふれていたドブ川の岸が
コンクリートでかためられ細長い公園になり
それでも祭礼には老人たちが集って
社務所で茶碗酒を汲みかわしている
ゴムひもで釣ったざるの中の銅貨の代りに
ディジタル表示のレジスタが置かれた魚屋に
ビニール製の笹の葉が青く輝いていて
束の間と言っては短かすぎるし
永遠と言っては長すぎる一日の終り
星々のきざむたゆみない時にさからって
私たちは気ぜわしく明日を思いわずらう
街路樹のまわりを掘り返しているのは
伸びてゆく根を少しでも楽にするつもりか
地下鉄の入口に乗り捨てられた自転車は
カタコンベのミイラのようにひしめき

アメリカンと呼ばれる薄いコーヒーをすって
若者たちの眼は漫画から漫画へと流れてゆく
この世の正確な韻律に近づけるのは
獄中に一生を過すことを強いられた男だけ
だってそうだろうそうではないか

東京抒情

杉並の袋小路で子供らがかくれんぼする
築地の格子戸の前で盛塩が溶けてゆく
東京は読み捨てられた漫画の一頁だ
亀戸の洋服屋の店先で蛍光灯がまたたく
多摩川の橋下でラジコンボートが沈没する
大久保の線路沿いに名も知れぬ野花が咲く

世田谷の生垣の間からバッハが聞える
青山のかまどの中でパンがふくらむ
東京はなまあたたかい大きな吐息だ
東雲の海のよどみに仔猫のむくろが浮く

国領のブルドーザーが石鏃《やじり》を砕く
本郷の手術室で瞳孔が開き始める
小金井の校庭の鉄棒が西陽に輝いている
等々力《とどろき》の建売で蛇口が洩れつづける
東京は隠すのが下手なポーカーフェースだ

美しいものはみな嘘に近づいてゆく
誰もふりむかぬものこそ動かしがたい
私たちの魂が生み出した今日のすべて
六本木の硝子の奥で古い人形が空をみつめる
新宿のタクシー運転手がまた舌打ちをする

そのほかに

ひざの上ですすりあげる私の幼い娘
——そのほかに何を私は待っているのか

遠くでマドリガルが唱い出される
閉じたままの本
胡桃の木蔭

言葉では十分でない
言葉は呼びつづけ
決して満足しないから
沈黙では十分でない

沈黙はつづき
不死だから

そのほかに何を待っているのか
ひざの上で
少しずつ泣きやんでくる幼い娘と――

名

あれとかあそことか呼ぶのは
べつに婉曲語法という訳ではなくて
本当に名前がないからなのだ
古事記みたいな擬古調は物欲しげで
ほとほといやになってしまったし
数十はあるという北米の俗語のたぐいも

この国じゃカントの哲学以上に抽象的だ
方言辞典でひびきのいい言葉を探すのも
都会者にとってはそそっかしい話だろう
解剖学の術語に至っては一片の生気すらない
いつの間にか男は愛する女のからだに
うす暗い井戸を掘ってしまった
茹で卵だのコーラの壜だのを投げこんで
それじゃまるではきだめじゃないか
かつてあれには名前があった
かけがえのない名前がたしかにあった
ただひとつだけのその名を呼ぶのが
男たちよそんなにこわかったのか
ただひとつだけのその名を忘れて
男たちよいったい何をいつわったのか
千個の名で呼ばれ万個の名で呼ばれ
いまやあれはただひとつの名をみずから拒む

ついにまことの無名の淵に沈もうとする

読唇術

きみのくちびるの間にぼくのおごりの
（とてもレアな）ステーキのひときれが
消えてゆくのを見守った時には
きみの食べものになってぼくも
きみの口の中に入ってゆきたいと思ったな
しかしそこから心へと通ずる道を探っても
生あたたかいきみの唾液にまみれて
ぼくは迷子になってしまうのがおちだろう
その晩ずっとおそくなってから敷布の上で
その同じくちびるをなかば開いて
きみはちいさな叫び声をあげた

その時もぼくが待ち望んでいたのは
もしかすると吐息でもあえぎでもなく
何かは分らないけれどぼくをおびやかす
ひとつの言葉だったのかもしれない
透きとおった硝子のへりにくちびるが触れ
ひとしずくの水がおとがいへと伝わって
そこからきみの微笑がこぼれてきた朝
もういちど白く硬い歯のかこみを破って
ぼくはきみの無言の中心を味わおうとしたが
きみは巧みにぼくの腕を逃れて
窓をあけ林に向かって口笛を吹いた
そこから一匹の黒いむく犬がとび出してきて
ぼくらに向かって尾をふったんだ
生きもの同士の親しみをあらわに

いさかいのあとで妻に

もしも私が正しいのならそれこそ
あなたもまた正しいことの証しだと
いさかいのあとで
自分にもあなたにも何ひとつ望まずに
そう思ったその時の気持は祈りに似ていた
あなたが米をといでくれるのなら
私は皿を洗おう
そんな面白くも可笑しくもないことで
一日が暮れてゆくのだとしても
人の思いにはかかわりなくいつの世にも
男と女に未来がありその未来から
私たちもまた生れてきたのだ
もったいないことだとは思わないか

花の木の影が地面に落ちて
子等は犬を追って林を駆けている
いさかいにもむつみあいにもある深い闇を
手さぐりで進むほかないのだが私の手は
いつもあなたの柔らかい下腹に触れていて
世界はそこからおぼろげに形を成してゆく

ポルノ・バッハ

ついさっきまでバッハを弾いていた指と
これはほんとに同じ指かい
ぼくのこいつはのびたりちぢんだり
ピアノとは似ても似つかぬ
こっけいな道具と言うしかなくて
こんなありきたりなものと

あの偉大なバッハがきみの柔い指先で
どんなふうにむすびつくのか
ぼくにはさっぱり解せないんだ
でもきみのものもぼくのものも
いまはむき出しの心臓のいろ
そのあたたかくなめらかな感触に
死ぬようにきりもなく甘えてゆくと
いつか血の透けて見える暗闇で
ぼくもひょっこりバッハに会えるのかな

なにしているの

地下鉄千代田線神宮前駅壁面のために
一九七九年九月

なにしているの　どこからきたの
どうするつもり　こんなところで

ことりはいない　うみもみえない
ゆめみるだけさ　おかねたよりに

わらっているね　しあわせそうに
すぐにわすれる　まんがみたいに
しらないんなら　おしえてあげる
ここはほんとは　たいむとんねる

おもてへでれば　まちはきえうせ
みわたすかぎり　たんぼのあとだ
かかしがひとり　てんをにらんで
みちをきいても　へんじをしない

Ode

マリリン・モンローに

あなたの出なかった電話のベルが
明けがたの寝室で鳴りつづけている
あなたの寝なかった男たちが生き残り
密林と砂漠で殺しあうとき
映写幕の白い冥土から
ふたたびあなたは歩み出る
マリリン　幻のマリリン
この世で最も美しい亡霊
私たちはノーマを殺しマリリンを生む
欲望に燃える目は
あらゆる肉の襞をみつめつくして

無垢の幻へと帰ってくる
そこではもう手に触れるものは何もない
眼が流しているのは涙ではなく涎だ
私たちはノーマを殺しマリリンを生む

真昼のシャンパンの泡の中に
あなたの唾がまじり私たちの海がまじり
マリリン　幻のマリリン
この時代の最も痛切な　regret

＊マリリン・モンローの本名は
ノーマ・ジーン・ベイカーであった。

時に撮られた子供

ちらっとこっちを見た子供が

次のまばたきをしようとして
そのまま凍りついた――
時間の怖しい顔を見てしまったのだ
それからその子は時代の夢の中で立ち上り
素足に大きすぎる新しいゴム靴をはき
手にちびた鉛筆をにぎって
大脳皮質の海へと船出した
十三は四で割ると一余ってしまうと
無理矢理なっとくさせられて
秋には赤や白の球を竹籠に投げ入れ
春には笑いながら蛙を解剖した
それから女の子のあそこの名を覚え
夜具の衿のびろうどにくすぐられ
ひびのきれた手にアルマイトの
弁当箱のほのかなぬくみを感じた
世界は全く違ったふうにもあり得ると

おぼろげに告げられたような気もしたが
目に見える榊の枝の緑や
鼻に嗅ぐ味噌汁の湯気に
幸福と不幸の安いぬりえは
十二色のクレヨンで塗り潰されていった
それから青空に白く細い飛行機雲が現れ
奉安殿《ほうあんでん》の混凝土《コンクリート》の奥の紫の闇に
父母のおさえつけたうめき声を聞き
ふるえながら他所の畠の芋を盗み
かつおぶしのような焼死体の
股の間にあいた小さな丸い穴を見た
何もかもが変るのだと教えられたが
体は蛇のようになめらかに育ってゆき
その体が焦がれているものは
どんな衣裳もまとわずにいつも裸で
金はどんな時にも手で摑めるものをもたらし

夢から覚めることは不可能だった
白いシャツを着て遺伝因子の命ずるままに
星占いを疑い　疑うことで予言を成就し
憎んでいることに気づかずに
何人もの友人と今の歌に声を合わせた
それからおくればせに
ビニールにおおわれたダイニングキチンで
ポリエチレンの胞衣《えな》の中の未来が叫んだ
当用漢字よりももっと少い語彙が
誰にでも解るように即席で人生に味つけして
一日の半分が電気仕掛で動くようになった
それでもまだ秋には無花果《いちじく》が実って雨に落ち
茶の間の真中のゆがんだ窓からは
月の砂埃が吹きこんできた
教えることが何もなかったので
息子とは畳の上でベーゴマを廻して遊び

その日の夕暮のめまいにぼんやりと
どこかで見た一枚のスナップを思い出した——
ちらっとこっちを見たねんねこの中の子供が
次のまばたきをしようとして
そのまま凍りついた
その一瞬に三十余年が過ぎ去って
男はその子供が自分であるということに
まるで気がつきもしなかった
その時自分がいったい何を見たのか
まるで思い出しもしなかった

へえ そうかい

へえ そうかい そんなもんかい
あかりを消して背中をむけて

しょっぱい涙を自分でなめて
そんなもんかい　哀しみなんて
へえ　そうかい　そんなもんかい
誰でもみんな道化師なのに
自分ひとりがヒロインきどり
そんなもんかい　哀しみなんて
へえ　そうかい　そんなもんかい
明日はきっといい天気だよ
髪をほどいて鏡をごらん
そんなもんかい　哀しみなんて

ものぐさ太郎

ものぐさ太郎はいそがしい
あくびするのもめんどくさくて
ひねもすねるのにいそがしい

ものぐさ太郎はわるいやつ
あくせく働くみんなの前で
のみやしらみと遊んでる

ものぐさ太郎は欲ばりだ
お茶わんひとつもってないのに
大金持の夢をみる

ものぐさ太郎はいい男

せめて顔でも洗ってくれりゃ
嫁さんだってくるものを
ものぐさ太郎はがんこもの
ころがるだんご拾いもせずに
誰かくるのを待っている
ものぐさ太郎は大物さ
雨が降っても風が吹いても
ぼんやり空を眺めてる
ものぐさ太郎はござの上
地震がきても逃げたりしない
地震といっしょゆれている
ものぐさ太郎ねていろよ

ものぐさ太郎立ち上るなよ
死ぬまでそこで生きてろよ

壁のための詩（1）

昨日裏切者が射殺されたその壁の前で
今日子どもたちが手まりをついている
壁はもう何百年も（それとも何千年も？）
外の敵から私たちを守ってくれているが
おかげで私たちは閉じこめられたままなのだ
風雪をさえぎるその同じ壁が晴れた日にも
私たちに遠くを見ることを許さない
時折壁に思いきった言葉を刻む者がいて
私たちはその機智に笑い興じもするが
笑声も（そして時折の正体不明の叫びも）

壁はひとしく谺にして私たちの耳に送り返す
この土地にほとんど無限に産出される
淵のように蒼い石を優雅に積み重ねた壁の
そこここに触手のように蔦がからんでいて
千年に一度咲くというその花の実を食えば
壁を透視する力が得られるという伝説も
いつしか子等の教科書から消えているらしい

壁のための詩 C

壁にはどんな根もなかったので
もう何百年も前に（それとも何千年？）
数人の若者たちが素手で破壊してしまった
君が今立っているのはその瓦礫の上である
かつては民衆の目から隠されていた風景が

黒い森を超え一望のもと地平線まで開け
家族は食物と飲料を携えて野に散っている
すでに壁の比喩で語れるものは何もない
青空がその優雅な曲線を頭上に伸ばし
私たちは終日音楽を聴き続けているに等しい
わずかな微笑が雄弁にとってかわり
一碗の茶によって人々は明日を卜するが
終末論の細部にわたる専門的論議は
博士号をもつ少数の知識人に任されている
遊戯の種類は前例を見ぬくらい豊富だが
起源をつまびらかにせぬ素朴な手まり等も
今なお子ども等の間で人気を失っていない

寸描

ぼくらはもうみんな死んでしまって
うすい煙のたちこめている森の中だ
蜘蛛の巣にカトンボがひっかかってる
草の中に碍子がひとつ落ちている

腐ってゆきながらぼくは思い出す
開きかけた女の唇とその奥のくらがりの
舌の動き

あれは何か言葉を言おうとしたのか
ぼくを愛撫しようとしたのか
一杯の水が欲しかったのか
それともそれらは結局同じことだったのか

あざむきようのない眼と耳と口と性器
それらによってぼくも書いた
意味ではなく味わいを

焼け焦げ水をかぶり
ほとんど形をとどめていない一塊の本が
腐葉土の上で薄陽を浴びてる
そこでなお時は刻む

刺すような酸っぱさとひろがる渋み
えぐいまでの甘さや目もくらむ苦味
うすれてゆく奇妙な果実の記憶

明日

少女の杏の口はあらゆる形の雲をむさぼり
少年の琥珀の眼は太古の地層から切出された
どんなに目をみはっても未来は見えないのに
子どもらの体の中に明日は用意されている

希望を語る言葉はいつわりの根を夢にひろげ
絶望を歌う言葉はあてどない梢を風にまかす
だが遊ぶ子どもらのきれぎれなかけごえは
たそがれと暁をひとつに荒野へと谺する

少年と少女の下腹にある伸縮するいれものは
星の糸で織られ陽の赤と空の青で染められる
絶え間ないせせらぎの他にそこを充たすのは

鋭い喜びをともなった深い痛みのみだろう

すべての言葉がぶざまに滅び去ったのちに
岩はふたたび岩のあたたかい無言をとり戻し
かすかな苦味のある胚のつややかな白から
死によってもたらされるのは誰の似姿？

コカコーラ・レッスン

〈一九八〇年〉

（何処《いずこ》）

1　空

目が覚めると全天が柘榴の実でおおわれていた。薄紫の果粒を透して光が地上に降り注ぐさまは何とも言われない。無数の柘榴のひとつひとつが、おそらくその背後にそれぞれ鉱物質の円光を負っているにちがいない。その円光の存在する由縁を解明することは可能だろうか、ふとそんな疑問が胸をかすめた。それをするためには先ず、我々の視覚の秘密を探らねばならないだろう。たとえその機構に十分な説明が加えられたとしても、如何にという問いの背後には、例外なく何故という子供っぽい問いが控えている。何故という問いを、殆んど惰性的に発する我々の心というものが、最終的にはあの円光に関っている。我々に視覚器官が発生した時、世界は既にそこに在った。これは実に焦ら立たしいことであるが、もし万一その時、そこに世界が未だなかったとしたら、ことは焦ら立ちどころではすまなくなる。

近くの繁みから一羽の猿鳥が白褐色の長い尾を螺旋状にくねらせながら飛び立った。その表情には我々の表情に似た愚鈍が感じられた。彼は未だどんな問いも意識はしていないだろうが、その独特な旋律を伴った鳴声には、我々の胸に触れてくるものがある。猿鳥は柘榴の果粒を啄むことができると思ったらしい。隣の樹木にでも飛び移るような気軽さで飛び立ったが、いくら上昇してもすぐそこにあるように見える柘榴に到達しない。実は私も猿鳥が一個の礫くらいの大きさに見えるまで上昇してから初めて気づいたのだが、我々と柘榴との間には計測し難い、威厳に満ちた距離が介在しているらしく、とうとうしまいには、猿鳥は余りに高く上昇して、私の視力では捉えられなくなってしまった。それでも私はしばらくの間、見えない猿鳥を追っていた。そんな風にして自分の視覚の限界に気づくことは、いつも私に自分の感官の延長としての想像力の世界への不信をかき立てずにおかない。私の視界を去ったのちの猿鳥について思いめぐらすことは、何かしら淫らで曖昧な感じがする。いかに想像をたくましうしたところで、いずれは言語の壁に阻まれるだけのことではないのか。

午後になって、柘榴の果粒が驟雨となって降って来た。屋根が鳴る。またもや訳の分らない好奇心に身をまかせ、屋外に出て果粒を手で受けようとしたが、それらは私の頭上のあたりですべて消失し、あとには硼砂《ほうしゃ》のようなにおいが漂っているだけだった。何ものかを捉えようとする試みは、常に我々の筋肉を緊張に導くものだが、その緊張によって生じる空間の歪曲がおそらく消失の原因だろう。仮にそう考えて納得がいったような気分になった。雨のあと見上げると、果粒を失った柘榴の果皮が急速に石化し収縮してゆくのが認められた。もう朝のあの胸の躍るような心持は全く感じられない。自分の心持に注文をつけるわけにもいかないから、これは受け入れる以外ないだろう。柘榴と共に一日が明けて、そうして暮れていったと、そう心の中で呟いてみたら、思いがけず感謝の念に似た思いが湧き上った。

2 交合

針葉樹との交合は何度か経験したが、羊歯類との交合は初めてだった。名は何と言うのか知らない。知りたいとも思わない。それが湿った地面の上で、僅かな風に首を振っているのを見た時、私は言語を持たぬ生物にも或る種の自己表現とも言うべきもののあるのに気づいた。我々と違ってその羊歯には心はなかったにちがいないが、それがそんなにも明らかな姿でそこに生えているということが、すなわち羊歯にとって自己そのものなのではなかろうか。他のどんな植物とも動物とも異った形をしていることで羊歯はたとえようもなく孤独に見えた。私はその葉に手を触れずにはいられなかった。

　その手ざわりは私に何の連想も抱かせなかった。私はまさにその羊歯の葉に触れていて、そのことが私に形容を許さない。その時私はそのこと以外のことは何もしていなかったし、自分の器官が、自分とはちがうひとつの個体の器官と触れあっているという意識の他に、何の考えも浮ばなかった。指先から安らぎというしかない平明な感覚が伝わってきた。その感覚を失いたくないと思った。私は羊歯の葉に指先を触れたまま、あおむけに地面に横たわった。そのあたりに分厚く散り敷いている落葉と、それに接している私の衣服を通して、土壌のぬくみとしめりけが私の尻の皮膚に伝わってきた。指先からの感覚がその時、指先にとどまらずに、私の身体の奥深くへと流れ始めた。その流れは指先から肩を経て、咽喉へ至り、そこから脊髄に沿って下腹部へ達し、そこで渦巻くように淀んだのち、尻の皮膚を通って地面へと流れこんだ。

そうしてその流れを羊歯は自らの根で吸い上げ、それを葉先から私の指へと帰してきた。そのようにして、羊歯と私との間に、ひとつの回路がかたちづくられたのだ。感覚の流れは環になって停止しているかのようでいて、実は徐々に加速されていた。その加速をうながすものが、私と、そして羊歯の欲望としか呼びようのないものであることを私は疑わなかった。私の身体の中の私でない生きものが、もっと、もっとと声にならぬ叫びをあげた。私は羊歯の葉に指先を触れたまま、ぎごちなくあせって下半身の衣服を脱いだ。裸の尻が落葉に接するや否や、羊歯と私を結ぶ感覚の流れは、めまいを感じさせるような速さにたかまった。もはや指先を触れているだけでは我慢できなかった。私は上半身の衣服をめくり上げ、身体を半回転させて、裸の胸で羊歯の上へおおいかぶさった。

どのくらいの時間がたったのか分らない。めくるめくような感覚の流れはやんでいた。身を起すと下腹にべったりと落葉がはりついて来た。私の羊歯は、私の身体の下敷になって押しつぶされ、その緑は以前よりずっと濃くそして濁っていた。葉先のこまかい線が鋭さを失い、内側へめくれ始めている。同じ生命でありながら私たちは異種なのだ。胸の皮膚に不快なかゆみがひろがった。

コカコーラ・レッスン

その朝、少年は言葉を知った。もちろん生まれてからこのかた、彼は言葉を人なみに話してきたし、いくつかの文字を書くこともできた。その年ごろの少年としては、語彙はむしろ多いほうだったし、実際、彼はそれらをなかなか巧みに使っておどしたり、だましたり、あまえたり、ときには本当のことを言ったりもしていたのだが、それはそれだけのことだった。いまとなっては、ただ使うだけの言葉などというものは、とるに足らぬものようにも思えるのである。

きっかけはごく些細なことだった。その朝彼は突堤の先端に腰かけて、誰もがやるように足をぷらんぷらんさせていたのである。そのとき、なまあたたかい波しぶきが、はだしの踝にかかったのだ。周囲に語りかけるべき他人はいなかったし、それはべつに言葉にする必要など全くないささやかな出来事だったのだが、なんのはずみか彼はその瞬間、〈海〉という言葉と〈ぼく〉という言葉を、全く同時に頭の中に思い浮かべたのである。

それから先、彼には考えることも、言葉にすべきこともべつになかった。彼はだから、〈海〉・〈ぼく〉というふたつの言葉を、ぼんやりと頭の中でおはじきでもするみたいに、ぶつけ合わせていたのだが、そのうちに妙なことが起った。〈海〉という言葉が頭の中でどんどん大きくなってゆき、それが頭からあふれ出して、目の前の海と丁度ふたつの水滴が合体するような工合に、突然とけ合ってひとつになってしまったのである。

それと同時に、〈ぼく〉という言葉のほうは、細い針の尖のように小さく小さくなっていったけれども、それは決して消滅はしなかった。むしろ小さくなればなるほど、それは頭の中から彼のからだの中心部へと下りてゆきながら輝きを増し、いまや海ととけ合った〈海〉の中で、一個のプランクトンのように浮遊しているのだった。

これは少年にとって思いがけぬ経験だったが、彼は少くとも初めのうちはおどろきもしなかったし、不安も感じなかった。それどころか彼は口に出して、したり顔に「なるほどね」と言ったくらいだ。しかしもちろん、冷静だったというわけでもない。彼はからだの内部に、自分のものではない或る強い力の湧いてくるのを感じた。

思わず立ち上りながら、彼は「そうか、海は海だってことか」と呟いた。そうしたら、急に笑い出したくなった。「そうさ、これは海なんだよ、海という名前のものじゃなくて海なんだ」もし友人がかたわらにいたら、こんな独白は一笑に付せられただろう。頭の隅でちらとそんなことを考えながら、彼はふたたび呟いた。「ぼくはぼくだ。ぼくはいるんだ、ここに」そうして今度は、泣き出したくなった。

急に彼はおそろしくなった。頭の中をからっぽにしたかった。〈海〉も〈ぼく〉も消してしまいたくなった。言葉がひとつでも思い浮かぶと、頭が爆発するんじゃないかと思った。言葉という言葉が大きさも質感もよく分らないものになってきて、たったひとつでも言葉が頭を占領したら、それが世界中の他のありとあらゆる言葉にむすびつき、とどのつまりは自分が世界に呑みこまれて死んでしまうのではないかと感じたのだ。

だが、その年ごろの少年の常として、彼は自分で自分を見失うというようなことはなかった。自分でも気づかぬうちに彼は突堤へ来る途中で買って手にもっていたコカコーラのカンの栓をぬこうとした。けれどおどろいたことにそれができなかった。どうしてかと言うと、手にしたカンを一目見たとたん、彼の頭の中にまるでいなごの大群のような無数の言葉の群が襲いかかってきたからである。

それはしかし必ずしも予期したようなおそろしい事態ではなかった。逃げちゃいけない、踏みとどまるんだ、年上のずっと背丈の大きい少年相手の喧嘩のときと同じように、彼は恐怖をのりこえるただひとつの道を択んだ。赤と白に塗り分けられた手の中のカンは、言葉を放射し、言葉を吸引し、生あるもののように息をしていた。苦しいのか嬉しいのかもよく分らぬまま、彼は言葉の群に立ち向かった。渦巻くまがまがしい霧のように思えたその大群も、ひとつまたひとつと分断してゆけば、見慣れた漫画のページの上にある単語と変らないものだった。

この一種の戦いは、実際には悪夢の中でのように一瞬の間に行われたのである。たとえば彼がカンのへりの上に、そこから始まる、あるいはそこで終る無限の宇宙を見たとしても、彼自身は全くそのことを意識しなかった。彼は自分のもつ語彙のすべてをあげて、自分を呑みこもうとする得体の知れぬものを、片端から命名していったのだと、そういうふうに言うことも可能だろうが、その中にはまだ彼の意識下に眠っている未来の語彙までもが含まれていたのだ。

一個の未知の宇宙生物にもたとえられる言葉の総体が、一冊の辞書の幻影にまで収斂したとき、彼の戦いは終っていた。海はふたたび海という名のものに戻っておだやかにうねり、少年は手の中のコカコーラのカンの栓をぬき、泡立つ暗色の液体を一息に飲み干して、呟きこんだ。「コカコーラのカンさ」と彼は思った。一瞬前にそれは、化物だったのだ。

彼はからっぽになったカンを、いつものように海へと投げるかわりに、踏み潰した。はだしの足は多少痛んだけれども、かまわずに何度も何度もぺちゃんこになるまで踏んだ。彼自身はその奇妙な経験をむしろ恥じていて、それを他人に伝えようなどとは考えもしなかったし、またそこから何かを学ぶということもなかった。その日から数十年をへて、年老いた彼が死の床に横たわっているとき、なんの脈絡もなくこの出来事を思い出すとしても、それは他のあらゆる思い出と同じく、すでにとらえることの難しい一陣の風のようなものに変質してしまっているだろうが、それ故にそれはまた、失われつつある五感とはまたべつの感覚を刺戟して、彼をおびやかすにちがいない。

その朝、少年は足元の踏み潰されたコカコーラのカンを見下して、ただ一言、「燃えないゴミ」と呟いたに過ぎなかったが。

小母さん日記

小母さんが土手の上にしゃがんでいるのが見える。うしろで大きな煙突が煙を吐いている。小母さんにああしろとは言えない、こうしろとも言えない。小母さんは小母さんだ。今夜はこんにゃくを煮るそうだ。

＊

いま言ったことをすぐに忘れて、小母さんは同じ話をくり返す。いま怒ったかと思うと次の瞬間には上機嫌だ。昔あんなに上手にたいた御飯をまっ黒こげにする。だが平気だ、こがしたこともすぐに忘れてしまうから。もったいないねえこんなにこがしてしまってと、小母さんはけろりとひとのせいにする。変幻自在のいまの小母さんの中で、昔の律儀な小母さんがかくれんぼをしている。小母さんはどこかへ行ってしまったのか。いや小母さんはそこにいる、まだ。きれいな白髪を陽に輝かせて、生きている。

＊

あらだめよと小母さんは言ったんだそうだ。割烹着が折釘にひっかかって、ぴりっと裂けたそうだ。そしたら男はあっさり手をひっこめた。へまな男さと小母さんは怒る。三十何年前の話だが小鼻をふくらませて小母さんはしばらくの間本気で怒っている。

＊

ぼくに見えている小母さんだけが小母さんではないのはもちろんだ。小母さんはヴィールスのようにぼくを侵食する。見えない小母さんは見えている小母さんより危険だ、ぼく自身と区別がつかなくなってくるから。見えない小母さんを見ようとしてぼくは小母さんを書くことを試みる。免疫？そんな言葉が役に立つものか。

＊

口が欠けてしまって茶渋のしみついた土瓶を小母さんは大切にしている。その土瓶から茶碗に番茶を注ぐとき、小母さんはいちばん堂々としている。それからやおら新聞を目で追い始めるのだが、捨子とクーデタの見出しが同じ大きさの活字で組んであるので、そのふたつのできごとの間に軽重はないということが小母さんにはよくわかる。老眼鏡はみっつ失くしていまよっつめだ。

＊

明らかに名ざすことのできるものは、この世にはひとつもない。鍋が鍋ではない何か別のものの寄せ集めなのと同じように、かなしみはかなしみではない数えきれぬほどのおそろしくしんどいもののなれのはてだ。ひとつの名はまるでブラック・ホールのように他のすべての名を吸いこもうとする。名はその根を無名におろしている。（とりあえずこう書きつけておく）

＊

もっといい世の中になるよと小母さんは言う。でも世の中ってこうしたもんさと小母さんは言う。夕方、壁のほうをむいて小母さんが泣いているのを見たことがある。ぼくには小母さんを見守ってゆくことのほか何もできない。ぼくはおそろしいくらい無力だ。そのせいでぼくにはときどき小母さんがくらべるもののないほど美しく見える。

＊

この世には詩しかないというおそろしいことにぼくは気づいた。この世のありとあらゆることはすべて詩だ、言葉というものが生まれた瞬間からそれは動かすことのできぬ事実だった。詩から逃れようとしてみんなどんなにじたばたしたことか。だがそれは無理な相談だった。なんて残酷な話だろう。

＊

おなかがすくと小母さんは鍋の中のものを手でつまんで口へほうりこむ。三日つづけて風呂へ入るかと思うと、一月も入らないことがある。ぼろぼろになった半衿を誰かが盗んだと言って騒ぎだす。そのくせふとんの下にかくした株券のことはすっかり忘れている。小母さんがばらばらにこわれてゆく。だがその中にまたもうひとりの小母さんがいる。まるで子どものころに買ってもらった寄木細工の箱のようだ。箱の中に箱があり、その箱をあけるとまた箱があり、その箱の中にもっと小さな箱が入っている……かくしていたものを小母さんは次々とあらわにしてゆくが、箱とちがって小母さんはからっぽになることはない。どれがほんとうの小母さんかと問うのは愚かなことだ、矛盾と混乱こそが小母さんそのものだ。だが正直すぎるそんな小母さんが、ぼくはときどきひどく憎らしい。あばかれるのはぼく自身だから。

*

いつお迎えが来たっていいよと小母さんは言う。でもお迎えが来るまでは死ねないよと小母さんは言う。自分の世話ができないので小母さんは余計にひとの世話を焼きたがる。私のことなんかほっておきよと小母さんは言う。そんな自尊心のようなものはもう要らないと言うことはぼくにはできない。ぼくは小母さんの前にいることでやっとぼくになっているのだから。

＊

この世は一枚のクレージー・キルトだ。さまざまな色と布地が狂ったようにつぎはぎされて、そのくせ四辺は見事に断ち落とされている。百年前の北アメリカにも小母さんによく似た小母さんがいただろう。大きな河のそばに、ぶなの木蔭に、都市のはずれのあばらやのポーチに。

＊

ぼくもいつか小母さんになるだろう。それとももうぼくも小母さんなのか。ぼくの名前、ぼくの金、ぼくの未来、ぼくの何か、そんなものがぼくと小母さんをへだててくれるはずはない。ぼくの手、ぼくの髪、ぼくの言葉、ぼくのうつろう意識、ぼくのと呼ぶことのできるものはすべて、小母さんのものと瓜ふたつだ。

*

犬の腹を撫でながら、小母さんは小声で犬に話しかけている。犬の喜ぶのが小母さんは嬉しくてたまらない。小母さんが永久に犬を撫でつづけるのではないかと思って、ぼくはその情景から目が離せなくなる。だがやがて小母さんはゆっくり立ち上り、家の中へ入ってゆく。ぼくに残されたものは、息のつまりそうなひとつの感情、それに名前をつけることがぼくにはどうしてもできない。

質問集

目がさめていて、何も考えずにいることができますか、何も考えていないということも考えずに？

長い塀にそってあなたは走っている。塀の中では多分拷問が行われていて、前庭には朴の花が咲いている。あなたは一文無しだ、あなたには帰る家がない。そんな夢を見ずにすますには、どんな現実が必要なのでしょうか？

いま立っているその場所から正面へ三歩歩き、右へ直角に曲って二歩歩く、そしてもう一度右へ六歩、そこで目を軽くつむる。さあ、どんな匂いがしますか？

目の前に一匹の犬がいます、心の中であなたは二匹目の犬を想像します、そしてさらに三匹目を……いったい何匹目からあなたの想像力は頽廃しはじめるでしょう？

おそらく宇宙計画のために発明された物質でしょう、極度に硬質の表面をもっているのです、その物質に触れているとき、詩は何処にありますか？

いつの間にかどこかへなくなってしまった小さな物、それをなくしたのは誰ですか？　そしてその行方はどこですか？　たとえその物の細部はありありとあなたの記憶にとどめられているとしても。

〈おはよう〉と誰にも言うことができずに朝がきた、その朝は〈おはよう〉と言うことのできた朝と、どんなふうに異っているのでしょうか？　たとえば湯気の立つ一杯の味噌汁においてすら。

野に咲いている名も知らぬ一茎の小さな花、それが問いであると同時に答であるとき、あなたはいったい何ですか？　というような質問に私は答えなければならないのでしょうか？

誰にも嘘はつきたくないと或る午後思ったとしたら、どうしても嘘をつかねばならぬ状況を即座にいくつ空想できますか？　もちろんどんな感傷もぬきで。

あなたの発することのできるもっとも大きな声、その声をあなたは何に用いるのでしょう、怒りの表現、喜びの表現、苦痛、それとも他人への強制、あるいはまた、単なるおあそび？

ろうそくの光の下に一冊の辞書が開かれています、あなたはどうやってその辞書から逃れるのでしょう、さらに深く言葉の意味にとらわれることによって、そう答えてほんとうにいいのですか？

思いがけぬ恵みのように雪の降り積もったその朝、質問というもののあの尻上りの抑揚が耐え難いと、あなたは言ったのでしたね。しかし答なるもののあのしたり顔の平板な旋律もまたあなたを焦ら立たせるのだとしたら……だが、問いでも答でもないものが、いったいこの世にあるのでしょうか？

一脚の椅子があって、あなたはそれに腰をおろしている。椅子を作った人間はどこへ行ってしまったのですか？　そしてあなたは、どこにいるのですか？

もう忘れた、とあなたは言うのですか、でも忘れたことは覚えているのですね、それでほんとうに忘れたことになるのですか？

質問集続

からだはどこかで言葉に触れている、でもいったいからだは言葉を求めているのでしょうか、それとも言葉から逃れようとしているのでしょうか？

あなたの耳は粒立つピアノの音をとらえている、そのときあなたのうちに湧く感情は、窓枠を這う一匹の蟻にとって、いかなる意味をもっていますか？

地平線に遮られて見えぬ都市に火の手が上った。風にのって聞こえてくる阿鼻叫喚、その中に一人の唖者のいることを、あなたは聞きわけられますか？

使いこんだねじ廻しの刃が欠けたその午後、それを捨ててあなたは工具店へ出かけた、真新しい工具の数々を見て、あなたははにかむことを思い出したのではありませんか？

人々が仮に微笑と呼ぶ表情があなたの顔に宿った、その表情の理由を誰かに説明してもらいたい、そう思った瞬間にもあなたはまだほほえんでいられますか？

ひとは一個の不可解な全体として立ち現れる、私とは何かと問う私はその一小部分に過ぎない、自らを養う他の臓器を意識し得ぬ限り、脳髄は幻想のうちにとどまる。のでしょうか？

どこでもいい、古ぼけた木製の階段の途中にあなたはいる、（おそらくスリッパをはいた）あなたの足裏は、そのあやふやな触感によってどこまで時代を遡ることができますか？

ゆるやかに旋回する酔いのうちにいると感ずるとき、その中心にあるものが虚無以外の何かだと、そうあなたは書くことができますか、たとえ愛する者に向けてすら？

黒い電話器に或る午後、右手を差し伸べ、そこでふとためらうとき、あなたの発したかった言葉はどこから来て、どこへ行くのでしょう？

腕にはめた金属製の時計を見て、あなたは正確な時刻を知る、で、その時刻はあなたの死を待っているのですか、それとも追っているのですか？

金管楽器群の和声に支えられた一本のフルートの旋律、その音はどこから来るのですか、笛の内部の空気から、奏者の肺と口腔から、すでに死んだ作曲者の魂から、それともそれらすべてを遠く距ったどこかから？

口にしたら生きてゆけそうもない言葉と、口にしなかったら生きてゆけそうもない言葉、それらが同じひとつの言葉であるとき、何故あなたはそこに立っていられるのでしょう?

真実とはおそらく虚偽のかさぶたに被われたひとつの傷なのだ、かさぶたをはがせば血が流れる——この記述が真実であるために必要なものは、いったい何なのでしょう?

スパゲッティ・バジリコ、スパゲッティ・バジリコとあなたは呟やきつづけている、そのささやかな食物があなたの不安を癒すことがありうると信じますか?

ロールシャハ・テスト図版Ⅰ

　そう、女のからだにもこういう中心線がある、生毛がわずかに濃くなって線状をなしているのだが、臍のあたりから下腹部にかけて、皮膚に縫目のようなものも見えた、そこからお腹が割れてお前さんがとび出したんだと、母親が笑いながら言った、あ、桃太郎だ、だから桃尻娘がなつかしいのか！　少年倶楽部の付録の紙で組み立てる戦艦やお城にも、折曲線や切取線というのがあって、それらは破線で印刷されていた、そこを折り曲げると二次元世界が起ち上ってきて徐々にものの形を真似し始めた、この図

版も真中から折り曲げて立ててみたい、何の模型ができるだろう、私は平面にひそむ立体におびやかされる癖があるらしい。日本人だったら紙を二つに折ってしみは作らないだろう、和紙に墨を滴らすだけだろう、だが西洋紙ではそれは不可能かもしれない、スイスで印刷されたこの厚紙の地の白は、やや暗く澱んでいて、その反射の眩しくないのは被験者への思いやりか。ヘルマン・ロールシャハ、あなたは自分の気に入るしみができるまで、何枚の紙を無駄にしたのだろうか、しみが作られるや否や、あなたはそこにきっと何かを見てしまった、そのことにあなたはどんな焦ら立ちを感じたのだろうか、ヘルマン・ロールシャハ、あなたは紅茶茶碗を片手にしみづくりを楽しんだのか、それとも修道僧のように表情もなく何かを我慢しながら、スポイトからインクを紙の上に落とし、ふたつに折り、それからおそるおそる開いてみたのか、半世紀前の結核患者が自分の痰の中に細い血の筋を見つけるのを恐れたように、薄暗い石造の研究室の片隅で。

黒衣の看護婦が、うつぼの頭の両手をあげ、自身の頭部は肩に陥没させて、何事かを私に向かって命じている。こっけいな威嚇、お前には実は知性などというものはひとかけらもないのだ、お前の釣鐘形のスカートのかげに透けている肉体は影のようにうすっぺらで、その鳩尾のあたりにあいている穴の中では、すえた溜り水がちゃぽちゃぽ揺れている。お前を存在させているエネルギー源は、かくされた顔の中心に針先のように輝いている遠い恒星の白い光だ。そこにこそお前の背後にひろがる限りない奥行が表れている、だがそこからの覗き見は許されない、それは穴ではなく光だから、近づけば眼は灼けるだろう、もしそれを承知でなおも見ようとして私が盲目になったとき、黒衣の看護婦よ、お前の記憶はどのように変形してゆくか、お前に手で触れることはできるか。

そんなに逞しい臀と太腿をもちながら、なおも翼を生育させようという思春期の怪物よ、お前をひとつの紋章として記念しよう、お前の後肢はこの曖昧な汚泥に固定された、もう飛び立つこともかなわぬお前の姿は、いかなる族のしるしだろうか、お前はすでに唯一ではない、自らを素早く複製して、左右対称の伝統へとすべりこんでいる、それともお前は単に鏡を覗きこんでいるに過ぎないのか、孤独を恐れるあまり、もうひとりの自分を産もうとして。

ありふれた地図のようなこんな鳥瞰にどんな意味がある？　鏡にうつったふたつの多島海の一方がほんものなら他方はにせだ、しかしそのどちらにキャンパス・チェアをもち出して寝ころがったとしても、星々の光によってつくられる巨大な影から逃れることは不可能だ、無人島にかくされたミサイル基地、何も知らず波に漂うクルーザーの甲板で腐ってゆく魚類、少年たちをいざなう入江の魅惑──きりもなく逸脱してしまう想像力を物語の糸が縫いつけてゆく、地図が大地と海とを見失わせるように物語が現実を見失わせる、だが歌は聞こえてくる、風にのってこんな上空までかすかに、笛一本の旋律が。

煖炉の上にフランス人形が立っていて、スカートの中から伸びた白い二本の脚は、わざとらしくきっちり合わされている、私は彼女を畳の上に横座りに座らせてみたいのだが、それは二本の脚のひとつになるところに、一粒の真珠があると信じているからだ、それをとり出せば彼女は死ぬ、けれどももし初めからそれがなければ、彼女は生きてすらいないのだ、だから私にはそこを覗く勇気がない、フランス人形はかすかに黴くさく、つぶらに淡く青い眼をみはってはいるけれど、どこも見ていないのが焦ら立たしい、その視線のはるか彼方にあるものは、とめどない猥褻さでしかない。

肢を踏んばり
翼をひろげ
貪欲な下顎をむき出しに
彼方から到来する
侵入者よ
きみもまた何者かに

プログラムされているのか
飛び散る分泌物の臭気に
へきえきしながら私は考える
きみから見れば私の手足も
私の顔も私の髪も
怪物のそれに他ならぬということ
私たちはみつめあい
たがいの敵意を確認し
それからなんと
笑い崩れたのであった

四つのまなこもつ狐
下のふたつは憐みの目
上のふたつは瞋りの目
額の星は選ばれたものの印

暮れかかる西の空に祀られて
眷族の礼を受ける
香は麝香
供物は葱坊主
聴けよ我が歎き
欺けよ人知れず

混沌に風穴があいて
そこに真空が生まれたのは
いいことだ
少くとも見晴しがよくなった
と言っても
べつに何かが見えるわけじゃない
ただときどき
笑い声のようなものが

その穴を通り過ぎるんじゃねえか
というような気がする
また穴を利用して
裏のほうへ抜けられます
というような愛想のいい立札の一つも
立てられるかもしれない
もちろんその場合
遠近法など糞食らえだ

白が黒を食らう、白が黒を咀嚼する、白が黒を消化する、白い歯で、白い唾液で、白い消化器官で、黒は白にのみこまれて白の組織と化する、黒は悲鳴をあげながら白になり、白となった黒は、黒を共食いするのだ、私たちの気づかぬ間にうごめく白と黒のこのグロテスクなアニメーション、だが白の侵食はあまりにもすみやかだ、ストップ・モーションで記録されたこの図版はすでに過去、今では白は黒をすっかり食らいつくしているから、本当は私は一枚の空白の厚紙を目前にしているに過ぎない、そうして白はいまや私を次の餌食と決め、その白眼でじっと私をみつめる。

もんぷく
ぐねりや
あじすばがん
おて
ふりめすき
からどっぺや
くりなむ
ざほ
きゅんたる
なるんべし
ぞだと
すみよーに

こべい

……

　このまだらなもやもやの中へ入ってゆこう、形を成さぬ未生以前のものと、腐りはて形を失ったものとの区別がつかない、沼、あるいは星雲、眼はどろどろに溶けてもう見えないが、口はいっぱいに頬張ったものをまだ味わいつづけ、皮膚は内と外との境界を失って、私を自分の臟臟の中へ溶けこませてゆく、至福と絶望とが同じものだという感覚、だがこの訳の分らぬもやもやも、私が中学校で習った元素でできているんだ、とそう思った瞬間私は夢から覚めていた、だがあたりを見廻そうとすると、眼は見えない、口にはゲル状のものがつまっている……もやもやは夢の重なり、太古からの夢の地層、何度でも夢から覚めるがいい、私よ、夢はもうひとつの夢への通路なのだから。

シンメトリが崩れて
過失のようにインクが滲むのは
誰の所為でもないが
そこに働いた力は
私たちの誰とも無縁ではない
精妙な秩序にひそむ稀な無器用は
生きものを間違いなく死へ導くが
それを何者かの悪意であるととっても
その悪は電子顕微鏡の視野の下ですら
あきらかにならぬほど微小なものだ
それとも悪とは常にそのような
ささやかな形で私たちの体内にひそむのか

結い上げたまげ
ユダヤふうの鼻

私有されたフィヨルド
木星をめぐるイオ
避けられない湿疹
図解された地下水
レントゲンにうつったコルセット
羽根のある種子
名づけられた熔岩
伝説の巨人の笑い
双生児の墳墓
消えた上半身をもつ侏儒
指弾する子の人差指
中断されたプラトオ
親を待つ子蛇
捧物するバルザック
エトセトラ……

イザナギの矛の先からしたたるしずくの
完璧な紡錘は崩れ
混沌は地上で形を産む
モガリをとりかこむ暗がりにひそむ
空飛ぶもの地を匍うものを
吐息にまがう祈りも鎮めることはできない
言葉が言葉を呼び起こし
闇は騒然たる幻に満ちる
そこからしか析出しないひとつの
結晶

厚紙に印刷された
ただのちっぽけなインクのしみ
その背後の窓の外

去年の枯葉の上に木もれ陽は落ち
子等のじゃんけんがつづいている
私は還ってきた
木の葉が木の葉の輪廓をもつところへ
だが世界は自明であることによって
恐しさを増している
病院の寝台の上で
緑色の管を鼻孔につっこまれ
茶色の管を尿道につっこまれ
透明な管を静脈につっこまれ
身動きひとつせず眼を見開いたまま
眠りつづける母の顔に
時折浮かぶ微笑の如きもの
そこに私は何も読みとることができない
何も

あの巨きな爆発から
どれだけの時が過ぎたろう
吹き飛ばされた砕片が
いまだにゆっくりと漂っているが
もう方向は失っていて
まるで日常の地肌から剝離した
鱗片といった工合なんだ

ロールシャハ・テスト図版は、スイス原版『PSYCHODIAGNOSTICS-Plates』（日本文化科学社刊）より転載いたしました。

ことばあそびうた

〈一九七三年〉

やんま

やんまにがした
ぐんまのとんま
さんまをやいて
あんまとたべた

まんまとにげた
ぐんまのやんま
たんまもいわず
あさまのかなた

ばか

はかかった
ばかはかかった
たかかった

はかかんだ
ばかはかかんだ
かたかった

はがかけた
ばかはがかけた
がったがた

はかなんで
ばかはかなくなった
なんまいだ

だって

ぶったって
けったって
いてててのてって
いったって

たってたって
つったってたって
つったって
ないてたって

いったって
いっちゃったって
どっかへ

そっとでてったって
いたって
あったって
ばったとって
うってたって

十ぴきのねずみ

おうみのねずみ
くるみをつまみ
さがみのねずみ
さしみをうのみ

つるみのねずみ
ゆのみでゆあみ
ふしみのねずみ
めやみになやみ
あたみのねずみ
はなみでやすみ
あつみのねずみ
むいみなそねみ
きたみのねずみ
はさみをぬすみ
いたみのねずみ

かがみがかたみ
たじみのねずみ
とあみがたくみ
おおすみねずみ
ぶきみなふじみ

ことばあそびうた　また

〈一九八一年〉

たね

ねたね
うたたね
ゆめみたね
ひだね
きえたね
しゃくのたね

またね
あしたね
つきよだね
なたね
まいたね
めがでたね

おやおや

うわやでひやひや
したやのやねや
あげやでちやほや
ながやのおおや

なにやらにやにや
かわやのちちおや
しちやでいやいや
なごやのしまりや

うまやですやすや
じいやにばあや

びゃくやにさやさや
こうやのかるかや

いのち

いちのいのちはちりまする
にいのいのちはにげまする
さんのいのちはさんざんで
よんのいのちはよっぱらい
ごうのいのちはごうよくで
ろくのいのちはろくでなし
しちのいのちはしちにいれ
はちのいのちははったりさ
くうのいのちはくうのくう
とうのいのちはとうにしに

じゅういちいのちのいちがたつ

わらべうた

〈一九八一年〉

けんかならこい

けんかならこい　はだかでこい
はだかでくるのが　こわいなら
てんぷらなべを　かぶってこい
ちんぽこじゃまなら　にぎってこい

けんかならこい　ひとりでこい
ひとりでくるのが　こわいなら
よめさんさんにん　つれてこい
のどがかわけば　さけのんでこい

けんかならこい　はしってこい
はしってくるのが　こわいなら
おんぼろろけっと　のってこい

きょうがだめなら　おとといこい

わるくちうた

とうさんだなんて　いばるなよ
ふろにはいれば　はだかじゃないか
ちんちんぶらぶら　してるじゃないか
ひゃくねんたったら　なにしてる？

かあさんだなんて　いばるなよ
こわいゆめみて　ないたじゃないか
こっそりうらない　たのむじゃないか
ひゃくねんまえには　どこにいた？

おならうた

いもくって　ぶ
くりくって　ぼ
すかして　へ
ごめんよ　ば

おふろで　ぽ
こっそり　す
あわてて　ぷ
ふたりで　ぴょ

かおあそびうた

あんがりめ　さんがりめ
ぐるりとまわって　さんまいめ
はなをつまんで　いらんじん
みみひっぱって　うちゅうじん

とんがりぐちは　ひょっとこで
ほっぺたぷうっと　とらふぐだ
おでこかくして　ごりらだぞ
つるりとなでたら　のっぺらぼう

とおせんぼ

とおせんぼ　とおせんぼ
なまえのないもの　とおせないい
なまえはなんだ　(しんいちだ)

なまえがあっても　とおせない
かいしゃはどこだ　（まつしただ）
かいしゃがあっても　とおせない
ひだりへおれて　よつかどの
ぽすとにきけよ　まわりみち

とおせんぼ　とおせんぼ
えらくないやつ　とおせない
おまえはなんだ（だいじんだ）
だいじんだって　とおせない
いくらだす（三まんえん）
三まんえんじゃ　とおせない
うちへかえって　とうちゃんの
さいふにきけよ　まわりみち
とおせんぼ　とおせんぼ

ようのないもの　とおせない
ようはなんだ（かいものだ）
ようがあっても　とおせない
かいものなんだ（まんがだ）
まんがかすなら　おとおします
いきはよいよい　かえりはこわい
てんからおおきな　めがのぞく

かぞえうた

ひとつ　ひとなら　うちのひと
ふたつ　ふたなら　おとしぶた
みっつ　みつなら　はちみつで
よっつ　よつなら　ひだりよつ

いつつ　いつなら　あそべるの
むっつ　むつなら　あおもりけん
ななつ　なつなら　なつやすみ
やっつ　やつなら　やつがたけ
ここのつ　ここから　かけだして
とおで　とおくへ　いっちゃった

あきかんうた

かんからかんの
すっからかん
こーらのあきかん　けっとばせ
おひさま　かんかん
とんちんかん

かんからかんの
すっからかん
かんかんならせ　どらむかん
じかん　くうかん
ちんぷんかん

ないないづくし

まるには　ひとつも　かどがない
えんしゅうりつは　きりがない
かびたまんじゅう　もったいない
よだれたらして　みっともない
ほっかいどうなら　わっかない
ふゆはさむいに　ちがいない
いっぽんみちは　あてどない

こいぬがいっぴき　あどけない
かねがないのは　しかたがない
だけどなんだか　たよりない
うらないちっとも　あたらない
かえるはなぜか　へそがない

とっきっき

とっきっきの　ふくろから
とっぽっぽが　とびだした
とっぽっぽを　たたいたら
とっくっくが　こぼれでた
とっくっくの　かわむけば
とっぴっぴが　あらわれた
とっぴっぴを　わってみりゃ

とっせっせが　ねむってた
とっせっせのゆめのなか
とっけっけが　うごめいた
はじけろ　はじけろ　とっけっけ
かおだせ　てをだせ　わらいだせ

いちねん

いちがつ　いらいら
にがつは　にくい
さんがつ　さびしい
しがつ　しらけて
ごがつ　ごりおし
ろくがつ　ろくろく

しちがつ　しかられ
はちがつ　はったり
くがつ　くるって
じゅうがつ　じがでて
じゅういちがつには　じれじれじれて
じゅうにがつ　じきにしんねんおめでとう

きりなしうた

しゅくだいはやくやりなさい
おなかがすいてできないよ
ほっとけーきをやけばいい
こながないからやけません
こなはこなやでうってます
こなやはぐうぐうひるねだよ

みずぶっかけておこしたら
ばけつにあながあいている
ふうせんがむでふさぐのよ
むしばがあるからかめません
はやくはいしゃにいきなさい
はいしゃははわいへいってます
でんぽううってよびもどせ
おかねがないからうてないよ
ぎんこうへいってかりといで
はんこがないからかりられぬ
じぶんでほってつくったら
まだしゅくだいがすんでない

うそつき

うそつき　きつねつき
やねにのぼって　さかなつく
ついてもついても　つききれぬ
そらにさかながいるものか

うそつき　けらつつき
いけにはいって　てまりつく
ついてもついても　つききれぬ
どじょっこふなっこ　おおわらい

うそつき　うまれつき
つきのさばくで　かねをつく
ついてもついても　つききれぬ
だれもきかない　なんまいだ

わらべうた　続

〈一九八二年〉

ひもむすびうた

ふゆへびが　あなはいる
はるへびが　あなからのぞく
はい　ひとむすび

ひとつわっかは　くびつりなわよ
ふたつわっかは　ちょうのはね
はい　ふたむすび

からんでつるくさ　もつれてこころ
ひけばひくほど　きつくなる
はい　みつむすび

あした

あしたのしたは　どんなした
ああしたこうした　にまいじた
ゆめをみるまに　だまされる

あしたのあしは　どんなあし
ぬきあしさしあし　しのびあし
かおもみぬまに　にげられる

いっしゅうかん

げつようび　げっきゅうおとし
かようび　かねかりて

すいようび　すりにすられて
もくようび　ものもらい
きんようび　きるものもなく
どようび　どかんにすんで
にちようび　にょうぼがにげた

ふつうのおとこ

ふつうのおとこが　いたってさ
ふつうのめはなに　ふつうのてあし
ふつうのずぼんに　ふつうのうわぎ
ふつうのあめふる　ふつうのばんに
ふつうのやきもち　ふつうにやいて
ふつうのなみだを　ふつうにこぼし

ふつうのおとこは　ふつうのひもを
ふつうのおんなの　ふつうのくびに
ふつうにまきつけ　ふつうにしめた

すっとびとびすけ

すっとびとびすけ　すっとんだ
ふんどしわすれて　すっとんとん
あさめしくわずに　すっとんとん
すっとびとびすけ　すっとんだ
とぐちでころんで　すっとんとん
じぞうにぶつかり　すっとんとん

すっとびとびすけ　すっとんだ
ふじさんとびこえ　すっとんとん
びわこをまたいで　すっとんとん

すっとびとびすけ　まにあった
やっとこすっとこ　まにあった
じぶんのそうしき　まにあった

いいこ

となりのよっちゃん　とってもいいこ
おやのいうこと　なんでもきいて
しけんはいつも　ひゃくてんとって
さけものまなきゃ　たばこもすわず
いちんちろっかい　はをみがく

となりのよっちゃん　とってもいいこ
もらったこづかい　みんなかえして
じゅくからじゅくへ　わきめもふらず
てれびもみなけりゃ　まんがもよまず
ゆめのなかでは　といれのそうじ

ひとり

びりっけつ　みそっかす
ひとりでめそめそしてるやつ
だれにもかまってもらえない
かたにさくらがちりかかる
おかわいそうだ　きのどくだ
せめてなぐってあげようか

びりっけつ　みそっかす
ひとりでおどおどしてるやつ
いてもいなくてもおんなじさ
あかによごれたぼんのくぼ
おかわいそうだ　きのどくだ
せめてしょんべんひっかけろ

であるとあるで

であるはであるでなかろうか
であるがでないであるならば
でないはであるになるだろう
でないがであるでないならば
であるはでないでなかろうし
でないであろうがなかろうが

であるはであるであるだろう
あるではあるでうろかなか
あでるがでてないあなばるら
いなはであるにでうるだろな
ないでがでるあでいなばら
はあるでなでいでなろうしか
いなででがあろうかながろう
でるはあでるあであだろうる

やきもちやき

やきもちやきの　おりんさん
あさっぱらから　もちをやく
けむりもうもう　ひがぼうぼう

まっくろこげの　もちみっつ
いぬにやったが　みむきもしない
やきもちやきの　おりんさん
はだはもちはだ　いいおんな
ところがもちを　やきすぎて
かおはまっくろ　すすだらけ
べにをぬったら　えんまもにげた

ゆっくりゆきちゃん

ゆっくりゆきちゃん　ゆっくりおきて
ゆっくりがおを　ゆっくりあらい
ゆっくりぱんを　ゆっくりたべて
ゆっくりぐつを　ゆっくりはいた

ゆっくりみちを　ゆっくりあるき
ゆっくりけしきを　ゆっくりながめ
ゆっくりがっこうの　もんまできたら
もうがっこうは　おわってた

ゆっくりゆうやけ　ゆっくりくれる
ゆっくりゆきちゃん　ゆっくりあわて
ゆっくりうちへ　かえってみたら
むすめがさんにん　うまれてた

なんにもいらない　ばあさま

なんにもいらない　ばあさまがいた
いえはいらぬと　ちかどうぐらし

きものいらぬと　ふゆでもはだか
かねもいらぬと　まんびきばかり
じぶんもいらぬと　あっさりしんで
しぬのもいらぬと　またいきかえる

おんな

あなあな　くぐれ
くぐれば　もりだ
もりもり　ぬけろ
ぬけたら　かわだ

かわかわ　わたれ
わたれば　みちだ
みちみち　あるけ

あるくと

むらむら
まわれば
うみうみ
およぐと

しましま
あがれば
やまやま
のぼると

そらそら
とんだら
つきつき
さわれば

むらだ

まわれ
うみだ
およげ
しまだ

あがれ
やまだ
のぼれ
そらだ

とべよ
つきだ
さわれ
おんな

みみをすます

〈一九八二年〉

みみをすます

みみをすます
きのうの
あまだれに
みみをすます

みみをすます
いつから
つづいてきたともしれぬ
ひとびとの
あしおとに
みみをすます
めをつむり
みみをすます

ハイヒールのこつこつ
ながぐつのどたどた
ぽっくりのぽくぽく
みみをすます
ほうばのからんころん
あみあげのざっくざっく
ぞうりのぺたぺた
みみをすます
わらぐつのさくさく
きぐつのことこと
モカシンのすたすた
わらじのてくてく
そうして
はだしのひたひた……
にまじる
へびのするする

このはのかさこそ
きえかかる
ひのくすぶり
くらやみのおくの
みみなり

みみをすます
しんでゆくきょうりゅうの
うめきに
みみをすます
かみなりにうたれ
もえあがるきの
さけびに
なりやまぬ
しおざいに
おともなく

ふりつもる
プランクトンに
みみをすます
なにがだれを
よんでいるのか
じぶんの
うぶごえに
みみをすます

そのよるの
みずおとと
とびらのきしみ
ささやきと
わらいに
みみをすます
こだまする

おかあさんの
こもりうたに
おとうさんの
しんぞうのおとに
みみをすます

おじいさんの
とおいせき
おばあさんの
はたのひびき
たけやぶをわたるかぜと
そのかぜにのる
ああめんと
なんまいだ
しょうがっこうの
あしぶみおるがん

うみをわたってきた
みしらぬくにの
ふるいうたに
みみをすます

くさをかるおと
てつをうつおと
きをけずるおと
ふえをふくおと
にくのにえるおと
さけをつぐおと
とをたたくおと
ひとりごと

うったえるこえ
おしえるこえ

めいれいするこえ
こばむこえ
あざけるこえ
ねこなでごえ
ときのこえ
そして
おし
……
みみをすます

うまのいななきと
ゆみのつるおと
やりがよろいを
つらぬくおと
みみもとにうなる
たまおと

ひきずられるくさり
ふりおろされるむち
ののしりと
のろい
くびつりだい
きのこぐも
つきることのない
あらそいの
かんだかい
ものおとにまじる
たかいびきと
やがて
すずめのさえずり
かわらぬあさの
しずけさに
みみをすます

（ひとつのおとに
ひとつのこえに
みみをすますことが
もうひとつのおとに
もうひとつのこえに
みみをふさぐことに
ならないように）

みみをすます
じゅうねんまえの
むすめの
すすりなきに
みみをすます
みみをすます

ひゃくねんまえの
ひゃくしょうの
しゃっくりに
みみをすます
みみをすます
せんねんまえの
いざりの
いのりに
みみをすます
みみをすます
いちまんねんまえの
あかんぼの
あくびに
みみをすます

みみをすます
じゅうまんねんまえの
こじかのなきごえに
ひゃくまんねんまえの
しだのそよぎに
せんまんねんまえの
なだれに
いちおくねんまえの
ほしのささやきに
いっちょうねんまえの
うちゅうのとどろきに
みみをすます

みみをすます
みちばたの

いしころに
みみをすます
かすかにうなる
コンピューターに
みみをすます
くちごもる
となりのひとに
みみをすます
どこかでギターのつまびき
どこかでさらがわれる
どこかであいうえお
ざわめきのそこの
いまに
みみをすます

みみをすます

きょうへとながれこむ
あしたの
まだきこえない
おがわのせせらぎに
みみをすます

日々の地図

〈一九八二年〉

神田讃歌

その街で靴を買ったことがあって
その靴でサン・フランシスコの坂を上った
その街で栗の菓子を食べたことがあって
その香りが秋のくるたびによみがえる

ただ一冊の書物をもとめて
長い午後を夕暮へと歩む街
行き交う無数のひとびとの暮らしを
一行の真理とひきかえにしようと夢見る街

その街で弁護士志望の娘と会って
その娘はいつのまにか詩を書き始めていた
その街で無精ひげをはやした編集者と話して

その男の名は伝説になった

産声に始まって念仏に終る声の流れ
白い畠に黒い種子を播く活字の列
私たちの豊かな言葉の春夏秋冬が
この街の季節をつくっている

その街で学生たちの泣くのを見た
あの涙はどこへ消え失せたのだろう
その街で時代の歌を聞いた
その旋律は今も路地にただよいつづける

声高に批判しうつむいて呟き
無表情に計量し怒りつつ語呂をあわせ
この街にかくされている
ありとある思いの重さ

たとえ川は忘れられても
この街に人間の河は絶えない
たとえ祭はすたれようと
この街で人は人に出会いつづける

背中

きみの裸の背中が私の前に立ちふさがって
何も見えない
脊椎の連なりは海にただよう浮標
その比喩くらいのものだ
いま私がすがりついていられるのは
だがきみの背中のさえぎる国に私は生き

きみの背中のかくす人が私をおびやかす
テレヴィの喋る言葉は冷たい指のように
私の裸の心臓をまさぐる
そこにはもう秘密はないのに（怖れだけで）

宇宙に浮かぶ幻想の地図の上の
幻想の都市のどこかに
私は幻想の住所を無理矢理書きこむ
その場所に私はいる
雑木林の時間を失って

それでもきみは私を好きと言う
すべてをかくすその背中で
言葉がひとつの大きな溜息の中で死に
ふたたび耐えがたい鈍痛におかされるまで
まだ僅かな間がある

間違い

わたしのまちがいだった
わたしの　まちがいだった
こうして　草にすわれば　それがわかる

そう八木重吉は書いた（その息遣いが聞こえる）
そんなにも深く自分の間違いが
腑に落ちたことが私にあったか

草に座れないから
まわりはコンクリートしかないから
私は自分の間違いを知ることができない

たったひとつでも間違いに気づいたら
すべてがいちどきに瓦解しかねない
椅子に座って私はぼんやりそう思う

私の間違いじゃないあなたの間違いだ
あなたの間違いじゃない彼等の間違いだ
みんなが間違っていれば誰も気づかない

草に座れぬまま私は死ぬのだ
間違ったまま私は死ぬのだ
間違いを探しあぐねて

後姿

あなたの眼は輝き

あなたの口は絶え間なく言葉を吐き出し
あなたの手は私の手に重ねられているのに
ふとうしろを振りむいた時の
あなたのうなじだけがまるで
別の生きもののように頼りなく
ひっそりと黙っているのを私は見ました
誰もいない森の奥の
散り敷いた落葉を濡らして
流れるともなく流れてゆく清水
ご自分では決してごらんになれない
そんなあなたの後姿こそ私のもの
いつかあなたが背を向けて
私を拒む時が来るとしても
そのかたくなな無言にこそ
私はあなたの叫びを聞きとりたい
みちばたの雑草の芽が

太陽の光を求めるように
あなたの後姿は優しさを求めている
明日私たちの口にする
誓いの言葉にもましてその無言が
私をあなたにむすびつけるのです

道化

どんな悪口を言っても
もう誰も怒ってくれないのです
その代り私がくしゃみをしただけで
みんな待っていたように笑い崩れる

どんな失敗をしても
もう誰も帰ったりはしないのです

その代り空中ブランコの女が落ちても
みんなガム嚙みながらおしゃべりしてる

化粧をおとし衣裳をぬぎ春の夜
鏡の前で自分をみつめると
私もみんなと同じ顔

家へ帰って私も歯をみがくのです
私もS・Fを読むのです　そして
夢の中で王に首を刎ねられる

歯痛

今日は歯がうずくのである
上の奥から三番目の歯が痛む

痛みはだんだんひろがっていくようである
人に会えばそしらぬ顔もするであろうが
すでに頬全体が熱をもっている

痛みがヒトラーの軍隊のように
頬からこめかみへ鼻へ眼へ頭部全体へと
すみやかに浸透しないという保証はない
さらに頭から首へ胸へ腹へ手足へと
全身が痛みそのものと化すことも考えられる

そのような惨状を防ぐてだてを有するのは
言うまでもなく歯医者であろうが
ローレンス・オリビエ扮するところの
ナチの生き残りが歯医者の使うドリルで
囚人を拷問する映画を見たことがある

そんな恐怖に直面するくらいなら
いっそ死んでしまいたいと思うのは
だが当然ながら怯懦というものである
たとえ粥をすすってでも生き延びて
いつの日か草加煎餅をぱりぱりと嚙み砕こう

無言歌
――*dimentia senile*――

〈窓の外のあの樫の木の暗い茂みから、なんに驚いたのだろう、何百羽もの小鳥がいっせいに飛び立ったんだよ。
〈おじいちゃんはおそいねえ。わたしが眠ってる間に出かけたんですよ。わたしの頭をこづいてね、いってくるよって。

〈近ごろみんなどうかしている。わたしにかくれて何をこそこそやっているの。おかしくて笑ってしまう。

〈すぐこの先に広場があってね。焼きものを焼いていましたよ。よく散歩がてら見にいったもんだ。おかしいね、忘れたのかい。

〈わたしはいくつになったのかね。この年で眼も歯もおなかも頭もどこもなんともないんですよ。病気になる暇もないってことね。

〈窓の外のあの樫の木の暗い茂みから、なんに驚いたのだろう、何百羽もの小鳥がいっせいに飛び立ったんだよ。

〈呆けたら死んだほうがまし。そうなったときのために薬をとってあるの、戸棚の中に。まだ死ぬわけにはいかないけどね。

〈きれいな若い女の人なんですよ。いま、玄関で待っています。わたしはちっとも気にしてないけどね、変な世の中になったものね。

〈あなたはどなたでしたっけね。わたしは結婚せずに音楽をつづけるべきだったのかもしれません。先生もそうおっしゃっていた。

〈誰にも分りませんよ、わたしの気持なんか。どうしてなんて訊かないで下さい〉。腹が立ってしようがない。

〈あなたが言ったのよ、わたしの背中でね、オオキナキって。家へ帰ってからもういっぺん言わせようとしても、どうしても駄目。

〈あの、あれはどこへいったのかしら、なんて言ったっけ、あれですよ。ほら、あれ、いつもそこにあるやつ。

〈ごめんなさい、ごめんなさい、もうしません、もうしません、あーん、あーん――なんてね、泣き真似上手でしょ。

〈窓の外のあの樫の木の暗い茂みから、なんに驚いたのだろう、何百羽もの小鳥がいっせいに飛び立ったんだよ。

……………

そうして母よ、あなたは夜になるとピアノの前に坐り、習い始めたばかりの幼児のようにたどたどしく、「主よ御許に近づかん」を弾く。

砂に象る

——大岡信に　一九七九年一二月八日

三十八年前の今日、僕は杉並の小学校の校庭の藤棚の下で、三角ベースをしていた。同じ日、三島の小学校の校庭で、きみも多分似たようなことをしていただろう。詩によって賞を受けるのは初めてだというきみに、同時代人としての親しみをこめてささやかな何行かを贈り、今日の喜びのかたみとする。日本に生まれながら、ラテン・アメリカ人のような貌と気質をもつきみと、そして三好達治の「砂の砦」、レイ・ブラッドベリの「穏やかな一日」、多分きみも愛するにちがいないその二篇へのアリュージョンも、きみ自身の詩句の多くをかりたこの作にかくされている。

あの時をどんな暦が計っていたのか
曇天の大きな尻の下ミチョアカンの浜辺で
背を向けて砂に象るきみに出会った

寄せる波ひく波の動きがきみを促し
五本の指のそれぞれはゆったりと素早く
毒ある蛇のように砂を這った

きみの指先から生まれる線は
形なきものに形を与え形あるものの形を溶かし
ひとつの星のフローラとフォーナを拒み

おぼえきれぬ記憶の暗がりから
みつめきれぬ現在のきらめきへと
平行し交わりもつれあい走り去る

その時をどんな暦が計っていたのか
錯綜する奇怪な文様のただなかに
春の少女はシバの姿して立ち上り

合わされた祝禱の手のシンメトリの
左手はすでにしわみ右手は嬰児
血管のこまかい枝の間を叫んで渡る一羽の鳥

その鳥さえも屠るうたげの刻
きみの声はおれたちの体に詰まった石を砕き
曲りくねった臍の緒となって死者へとどく

海に濡れた指先に喜びと哀しみの砂粒をくっつけて
仲間ッぱずれの少年は大きく伸びをする
描かれた文様のおおかたは波がさらい
残されたものは水平線へと散りそめる枯葉の葉脈
描き足し描き足しなお描き足りぬ未完のマンダラ
この時をどんな暦も計ることができない

ヒグレオシミつつ

——川崎洋に　一九八一年二月一三日

鵠沼の
夏の砂の上で
駆けっこをしたな

しばらくの間じらすように並んで走り
それからきみは
やすやすとぼくを追い越した
きみのゆったりした言葉の奥に
かくされているのはどんな
迅さなのか

語彙という言葉を
きみは語嚢とおぼえていて
中江俊夫を呆れさせた
腰に下げたそのびくから
ぴちぴちしたとれ立ての魚のような語を
次から次へときみはとり出し
それらを海へ
惜し気もなく帰そうとする
その中に

絶望と記された供物*もまじっているとは
ついこの間まで気づかなかった

にこにこしてやさしい人はこわいと
きみは書いたね
もちろんきみは語るに落ちてる
きみのこわさを
本当に分かるようになるまで
ぼくはあと何年
生きなければならないか

言葉でない溜息をする
言葉というもの
そんな言葉が海とつながってゆく
まばゆいへりのようなところで
きみと出会って

二十七年それとも二十八年
少し酔って
奥さんのむぞがりかたについて講釈したきみを
ぼくは忘れない
好きなきみの詩の中の何行かのように

そのときぼくはからかった
ぼくが性の歓びを
心底肯定はしていないと言って
そんなことはないんだ
そのときも今も
けれどきみほど楽しんでいるかどうか
自信はないよ
ひと月ほど前にぼくの書いた詩の題は
「女房を殺すには」

きみのいとおしむヒグレオシミの鳴声ほどには
今ぼくらの言葉は響かない
〈夕暮れをとっくに過ぎても
人を
まだ途方に暮れさせるもの〉
それを求めて
きみは書きつづけ多分ぼくも書きつづけ
だが書くより先に
きみは食べる
一本も虫歯がないというその
奇跡の白い歯で人生を
骨まで
そうしていつか
ぼくらの通り過ぎたあとのこの地上に
変らずにかかるだろうか
すらりと

白一色の　にじが
大またで歩く
ぼくらの娘の
うしろに

＊　ヴァレリーの詩の一節。吉田健一訳。
或る日我、波立つ海に
（されどそはいづくの空の下にか知らず）、
貴重なる酒の幾滴かを
虚無への供物として投じたり。……

＊＊　川崎洋の文章からの引用。
「むぞがる」は九州の言葉で、共通語に置き換えるなら「可愛がる」だ。しかし、少年から大人になる時期の七年間を筑後の地で過ごし、彼地の言葉を呼吸したわたしにとって、「むぞがる」は「可愛がる」より、もっとこめられた感情の濃い動詞に思えてならない。

＊＊＊
女房を殺すには

K・Hに

扉はなるべく静かに開閉するのが望ましい
刃物は故意になまくらのままにしておく
おろしがねの上にはおろしかけの大根
つまり台所は日々の暮らしから逸脱させない
その上でいきなり椅子を引くのだ
尻餅をついたところに沢庵石の直撃か
それとも洋傘でひと突きもいいだろう

愛着も憎悪も心を乱すだろうから
三日坊主で終る日記のクリシェのように
単純明快に事は運ばれるべきだ
流れ出た血は冷蔵庫で煮こごりにする

こゝつは一切を異常な行為と思わぬこと
たとえば秋の落葉のように自然に目立たず
単婚制を豊かな土壌に帰してやることだ

(注) 実在の人物とは全く関係ありません。

**** 川崎洋の文章の一部。

……このあいだ岡山を訪れた折、ヒグラシをヒグレオシミと呼ぶ地方があると知って、そのネーミングのすばらしさに、こぶしでどんと胸を叩かれたような思いを味わった。

……純銀の『カナ』という片仮名を、地平線目がけて速射するようなその声を耳にするとき、私は私に残された時間はあとどのくらいだろうと、寂しさと、なにやら急に切羽つまった感情とで、気持が波立つのを覚える。

ジョン・レノンへの悲歌

朝

ガスレンジの上で湯がたぎっている
窓硝子を通して朝の光が射しこみ
かすかな人籟が部屋の中にまで届く
あなたは息子の朝食をつくっている

愛する者がかたわらにいさえすれば
すべては新しく始めることができる
むかしつくった優しい歌のかずかずに
あなたはもうこだわっていない

一人の女が部屋に入ってくる
その女の強い頤にあなたは自分のもってる
余分な物をすべて嚙み砕かせたのだ
残ったのは単純な歎きと讃め歌

(あり余る富をもつ者は
人々の視線にこごえながら裸になる
あり余る讃美者をもつ者は
人々の視線に燃え上りひとりになる)

誰もが本当のあなたを見ようとして
にせのあなたを見てしまう
だがあなたもまた私たちと同じ肉と血
すべての人にとっての平凡な他人

あらゆる狂気にあらがって

おそらくは自らの狂気にすらあらがって
あなたは正気であろうとしつづけた
そのことが私を悲しませる

慈善が偽善に過ぎぬことを見抜き
あなたの贖った美しいからっぽの家々
やがて路上で犬のように死ぬ栄光
ガスレンジの上で湯がたぎっている

かえうた

だれがジョンを　ころしたの？
わたし　とマーク[1]がいいました
わたしのじゆうで
わたしがころした

だれがジョンの　しぬのをみたの？
わたし　とヨーコがいいました
わたしがこのめで
しぬのをみた

だれがそのちを　うけたのか？
わたし　とニューヨークがいいました
いしのるつぼで
わたしがうけた

だれがきょうかたびらを　つくるのさ？
わたし　とかぶとむし[2]がいいました
むかしのうたで
わたしがつくる

だれがおはかを　ほるだろう?
わたし　とじょおうがいいました
ナイトのつるぎ[3]で
わたしがほろう

だれがぼくしに　なるのかね
わたし　とジュード[4]がいいました
せいしょをもたない
わたしがなろう

だれがおつきを　してくれる?
わたし　とおろかもの[5]がいいました
おかからおりて
わたしがおつきになりましょう
だれがたいまつ　もつのかな

わたし　とめがみ[6]がいいました
おやすいごようさ
もともともってる

だれがおくやみ　うけるのか
わたし　とマニアがいいました
あいゆえふかい　このなげき
わたしがおくやみうけましょう

だれがおかんを　はこぶだろう
わたし　とへいしがいいました
もしもせんそうがやすみなら
わたしがおかんを　はこびます

だれがおおいを　ささげもつ？
ぼくら　といったはゴシップや

でんせつつくる
ぼくらがもとう

だれがさんびか　うたうのか
わたし　とレコードがいいました
くりかえしくりかえし　おなじうた
わたしがさんびか　うたいます

だれがかねを　つくのかね
わたし　とべんごしがいいました
なぜならわたしは　おかねもち
わたしがかねを　ついてやる

かわいそうなジョンのため
なりわたるかねを　きいたとき
たくさんの　さびしいひとたち[7]は

ためいきついて　すすりないた

1　じゆう＝自由又は銃。
2　かぶとむし＝ビートル。
3　一九六五年、レノンは他のビートルズのメンバーとともに
ナイトに叙勲された。
4　〈ヘイ・ジュード〉
5　〈丘の上の愚者〉
6　自由の女神のこと。
7　〈エリナ・リグビー〉

ボタンの一押し

誰もが歌を聞いている
外科医は手おくれになった癌を
もういちど腹の中に押しこみながら
美しい少年はローラースケートで
株式取引所への坂道をすべり下りながら

誰もが自分の宝石函《カセット》をもっている
所有できぬダイヤモンドの空を
せめて翔ぶことくらいできぬものかと
耳でメロディをがぶ飲みしている
ヘッドフォンで他人の悲鳴を防音して

ボタンの一押しで
歌が流れ出る
ボタンの一押しで
給料が決められる
ボタンの一押しで
世界が破滅する

誰もが歌を聞いている
失業者は朝刊にミイラのようにくるまって

夢の中で幻の女の肩にもたれる
宇宙飛行士は漂うスプーンを追って
地上の赤ん坊への愛に窒息する

誰もが自分のＢＧＭをもっている
そこでしか時間は流れないと知っているから
林を渡る風の音を三連音符に翻訳し
頭蓋の内部に寂しいユートピアを築き上げ
真夜中にひとりぼっちの祭を祝う

ボタンの一押しで
歌が流れ出る
ボタンの一押しで
シャツが白くなる
ボタンの一押しで
世界が破滅する

朝

隣のベッドで寝息をたてているのは誰?
よく知っている人なのに
まるで見たこともない人のようだ

夢のみぎわで出会ったのはべつの人
かすかな不安とともにその人の手をとった
でも眠りの中に鎧戸ごしの朝陽が射してきて

朝は夜の土の上に咲く束の間の花
朝は夜の秘密の小函を開くきらめく鍵
それとも朝は夜を隠すもうひとりの私?

始まろうとする一日を
異国の街の地図のように思い描き
波立つ敷布の海から私はよみがえる

いれたてのコーヒーの香りが
どんな聖賢の言葉にもまして
私たちをはげましてくれる朝

ヴィヴァルディは中空に調和の幻想を画き
遠い朝露に始まる水は蛇口からほとばしり
新しいタオルは幼い日の母の肌ざわり

インクの匂う新聞の見出しに
変らぬ人間のむごさを読みとるとしても
朝はいま一行の詩

どきん

〈一九八三年〉

いしっころ

らいおん

らいおんの　あくび
おおきな　あくび
まあるい　そらを
ぱくりと　たべた

らいおんの　いびき
おおきな　いびき
たいこの　おとに
あわせて　うたう

らいおんの　めだま
おおきな　めだま
むかしの　よるに
きらりと　ひかる

いしっころ

いしっころ　いしっころ
じめんのうえの　いしっころ
いつからそこに　いるんだい
いしっころ　いしっころ
ひとにふまれた　いしっころ
ちょっとおこって　いるみたい

いしっころ　いしっころ
あめにうたれて　いしっころ
いつもとちがう　あおいいろ

いしっころ　いしっころ
おなかのしたは　あったかい
むしのあかちゃん　うまれてる

いしっころ　いしっころ
そらをみあげる　いしっころ
なまえをつけて　あげようか

うんこ

ごきぶりの　うんこは　ちいさい

ぞうの　うんこは　おおきい

うんこというものは
いろいろな　かたちをしている
いしのような　うんこ
わらのような　うんこ

うんこというものは
いろいろな　いろをしている

うんこというものは
くさや　きを　そだてる

うんこというものを
たべるむしも　いる

どんなうつくしいひとの
うんこも　くさい
どんなえらいひとも
うんこを　する
うんこよ　きょうも
げんきに　でてこい

海の駅

細胞分裂

ポケットに手をつっこんだら
吸いかけの煙草といっしょに
疑問符がひとつ出てきた
街を歩きながら
それをひねくりまわしていたら
いつのまにかまっすぐになって
疑問符は感歎符になっていた
不恰好な感歎符は
ネクタイどめにも
書類ばさみにも出来ぬ役立たずなので
もとの疑問符に戻そうと
ひっぱってみたがもう曲らない
とてもかたくて歯が立たない
仕方がないから
パイプ掃除に使ったら
感歎符の下についてる点が

どこかへいっちまって
感歎符はただの棒になってしまった
これじゃますます役に立たない
せめて2という数字にしようとして
靴のかかとでたたいたら
あっけなくふたつに折れてしまった
街角のごみ箱にその破片を捨てて
煙草でも吸おうと
ポケットに手をつっこんだら
吸いかけの煙草といっしょに
疑問符がふたつ出てきた
前よか少し形は小さいが
まぎれもない正真正銘の疑問符がふたつ――

サッカーによせて

けっとばされてきたものは
けり返せばいいのだ
ける一瞬に
きみが自分にたしかめるもの
ける一瞬に
きみが誰かにゆだねるもの
それはすでに言葉ではない

泥にまみれろ
汗にまみれろ
そこにしか
憎しみが愛へと変わる奇跡はない
一瞬が歴史へとつながる奇跡はない

からだがからだとぶつかりあい
大地が空とまざりあう
そこでしか
ほんとの心は育たない

希望はいつも
泥まみれなものだ
希望はいつも
汗まみれなものだ
そのはずむ力を失わぬために
けっとばされてきたものは
力いっぱいけり返せ

ぼくは言う

大げさなことは言いたくない
ぼくはただ水はすき透っていて冷いと言う
のどがかわいた時に水を飲むことは
人間のいちばんの幸せのひとつだ

確信をもって言えることは多くない
ぼくはただ空気はおいしくていい匂いだと言う
生きていて息をするだけで
人間はほほえみたくなるものだ

あたり前なことは何度でも言っていい
ぼくはただ鯨は大きくてすばらしいと言う
鯨の歌うのを聞いたことがあるかい

何故か人間であることが恥ずかしくなる
そして人間についてはどう言えばいいのか
朝の道を子どもたちが駆けてゆく
ぼくはただ黙っている
ほとんどひとつの傷のように
その姿を心に刻みつけるために

どきん

あはは

はらりとちった
はなびらいちまい

ぽとんとおちた
みずひとしずく

ぱたっとたおれた
えほんいっさつ

がちゃんとわれた
こっぷがいっこ

ひひんとはねた
うまがいっぴき

めりめりおれた
すぎのきいっぽん

がらがらくずれた
いわやまひとつ
ずぶずぶしずんだ

まちかずしれず
どかんとばくはつ
ちきゅうがきえた
あははとわらった
こどもがひとり

いちばのうた

うるんならいちえんでもたかくうる
かうんならいちえんでもやすくかう
けちでずるくてぬけめがなくて
じぶんでじぶんにあきれてる
だけどじぶんがいちばんだいじ
よくばりよくぼけがりがりもうじゃ

たにんをふんづけつきとばし
いちばはきょうもひとのうず

うれるならいしころだってうっちまう
かえるならにんげんだってかっちまう
けちでずるくてぬけめがなくて
おかねがおかねをよんでいる
だからおかねがいちばんだいじ
よくばりよくぼけがりがりもうじゃ
あざみもすみれもかれてゆく
いちばはきょうもひとのうず

あいうえおうた

あいうえおきろ

おえういあさだ
おおきなあくび
あいうえお

かきくけこがに
こけくきかめに
けっとばされた
かきくけこ

さしすせそっと
そせすしさるが
せんべいぬすむ
さしすせそ

たちつてとかげ
とてつちたんぼ

ちょろりとにげた
たちつてと

なにぬねのうし
のねぬになけば
ねばねばよだれ
なにぬねの

はひふへほたる
ほへふひはるか
ひかるよやみに
はひふへほ

まみむめもりの
もめむみまむし
まいてるとぐろ

まみむめも
やいゆえよるの
よえゆいやまめ
ゆめみてねむる
やいゆえよ

らりるれろばが
ろれるりらっぱ
りきんでふけば
らりるれろ

わいうえおこぜ
おえういわらう
いたいぞとげが
わいうえお

ん

どきん

さわってみようかなあ　つるつる
おしてみようかなあ　ゆらゆら
もすこしおそうかなあ　ぐらぐら
もいちどおそうかあ　がらがら
たおれちゃったよなあ　えへへ
いんりょくかんじるねえ　みしみし
ちきゅうはまわってるう　ぐいぐい
かぜもふいてるよお　そよそよ
あるきはじめるかあ　ひたひた
だれかがふりむいた！　どきん

対詩

〈一九八三年〉

いつか死ねることの慰め

〈もう生きてなんかいたくない！〉と、ジュリエッタ・マシーナ扮するカビリアは泣き叫び、その舌の根の乾かぬうちに、祭の陽気な行列にまきこまれ、笑い始めていたのだよ、涙と笑いのどちらが幻想かと問う馬鹿はいないだろう、甕の中にぶらさがって暮らしていたクーマエの巫女は〈死にたい〉と言ったそうだが、荒地で生きつづける人間をたくみをこらして描き出す詩と称するものの歓びも、カビリアのからだから生まれる変幻する感情の単純さにその根を下ろしていると思わないか、〈生きていたくない〉と言えることとの逆説的な喜び、そう言える唇と舌と咽喉と心をもつことこそ生の証しなのだが、それはまた死の証しでもある、いつか死ねることの慰めを歌っていけない理由がどこにあるだろう、それがたとえ安酒をあおった末の恐怖のあまりの感傷であろうと、あるいは日曜ジョガーのたかをくくった甘えであろうと。

＊

今は死ねずともいつかは死にまする

モーツァルトさんもくたばりましたゆえ
季節の花々にまだ堪能はいたしませぬが
眼も鼻も土偶に近づくことの自然に
ほめうたもリタルタンドするおもしろさ

今死ねとおっしゃいますのはいささか性急
生死の見分けつくうちにいつかは
ボナールの色なども想い起しつつ
あるいはそのいとまもなく七転八倒
空の青さかすむ眼の片隅に死にまする

墓あるもよし墓なきもよし野花一輪の
無口なさまを手本に神仏から遠く
けれど日々のわずかな楽しみにつらなって
最新の生命論宇宙論に打ち興じ
今は死なずともいつかは死にまする

からっぽ

からっぽの口に何入れようか
おしゃぶり　尺八　阿片の煙管
泥水　キャビア　散弾銃

からっぽの函に何入れようか
クリップ　恋文　他人の名刺
貝殻　入歯　かぶと虫

からっぽの袋に何入れようか
空瓶　猫の仔　六法全書
いちじく　にんじん　汚れた下着

からっぽの空に何入れようか

風船　花火　鰯雲
ブラック・ホールに　奴凧

*

からっぽの心に何入れようか
勉よ、からっぽの心はからっぽで一杯だからもうなんにも入らないというのかい、いやそうではあるまい。本当にからっぽなら心は真空のようにすべてを吸いこもうとするはずだ、空無だって？　冗談じゃねえや、そんな言葉がもぐりこむ隙間があるんじゃや、本当のからっぽには程遠い。吉本隆明さん曰く〈この人（西脇順三郎）はもともとからっぽなんじゃないかという気がするんですけど。〉鮎川信夫さん応じて曰く〈うーん、もともとからっぽって言うと、ほとんどの人がそうなんだよ（笑）。問題はそのからっぽの中に何を入れてたかっていうことだよね。それをぼくはカルチャーだと思うんだ。〉
勉よ、きみのセックスもまたカルチャーか。ゼロの形に口を開いて叫ぶ声の源は、もしかするとカルチャー以前かもしれないけれど、その声を窒息させんばかりに、ぼくらは自分に何もかも詰めこみすぎてる、それを魔法使の杖のひとふりで空無にしようったって、そうは問屋がおろすものか。きみの視ているボトルの肩も、この世に在ってしまった無数のものの型録に登録されている。だから吸いこめ、そして吐き出せ、吸いこめば everything、吐き出せば nothing。

母を売りに

背に母を負い
髪に母の息がかかり
掌に母の尻の骨を支え
母を売りに行った

飴を買い母に舐らせ
寒くないかと問い
肩に母の指が喰いこみ
母を売りに行った

市場は子や孫たちで賑わい
空はのどかに曇り
値はつかず
冗談を交し合い

背で母は眠りこみ
小水を洩らし
電車は高架を走り
まだ恋人たちも居て

使い古した宇宙服や
からっぽのカセット・テープ
僅かな野花も並ぶ市場へ
誰が買ってくれるのか

母を売りに行った

声は涸れ
足は萎え
母を売りに行った

＊

明るい詩をおくれ、勉。雨戸閉めきった部屋の中で手探りしてないで、出ておいで。川が流れているよ、トンボも飛んでいるよ、十円玉が道端に落ちているよ、そうして時が過ぎてゆく。何が見える？　ふりむいてごらん、背中ごしに。なんでもいい、見えたものをおくれ、眠りこむなよ。

いま矚目の

いま矚目のなんでもいい
たとえばころがる黄いろい単一電池

の下に羊の背に似た絨緞があり
その下は米松の床があり
断熱材があり根太がありその下は泥
みみずが土を食ってるかもしれない
微生物がうようよいるだろう
さらにローム層を進んでゆけばマグマか
途中にしゃれこうべも笑ってらあ
万物は目もたずめざめてみつめる
眠りこむ我等をじいっと
そのありさまを思うのもゆめかうつつか
雨降り地しめり生ぬるく風は立ち
冬のさなかにも芽吹こうとするものがある
その薄気味悪さのひそかな歓び
交合に熱中する男女は
いまこの遊星上にそも幾千幾万
そのおのおの脱ぎ捨てた衣服にひそむ

貨幣なにがし袂糞にまみれて

＊

〈手紙はありません〉か。成程手紙で言えることなどたかが知れてる、だが手紙は言ってみれば詞書よ、その後先のなんか知らんが行分けで書いてある曖昧模糊たる意味ありげも、誰に宛てたかも分からぬながら、暗号で書いた手紙のたぐいか。いずれそいつも他人のたわごと、鬢をかすめて吹く微風さ、解読の手間かけるまでもない、ただそのへんの汚れた空気と一緒に吸ってりゃいいのだ。だが吸いこんだら吐かねばならんのが、我等の呼吸の厄介なところ、生きてる限りのスーハースーハー、もうちっとつづけてみべえか。

死ぬまでに

愛という言葉が出てきて、ひどく唐突に、だがどうしようもなく自然に愛という言葉が出てきて、愛という言葉から逃れるためには不死身になるしかなくて、愛という言葉にほんとうに至るためには、死すべき我が身が腑に落ちるしかなくて、愛という言葉はほとんどこっけいなまでに、蒲団の下から顔を覗かせたりして、それは思いつく限りの暗喩のうちにひそむかと思えば、あっけらかんと癌細胞のように私たちを蝕み、どんなグロテスクも愛という言葉のもとにけがれなきものと化し、どんな気高いものもその言葉のせいで陳腐になり、愛という言葉を知った者は、ありとある辞書を信用しなくなって肉の迷路の只中で自失し、すりきれたレコードの溝からも愛という言葉が囁きかけ、その意味をたずねて私たちはメドゥサの首を見たかのように石に変り、その理由をもとめて私たちは虚空へと投げ出され、愛という言葉が出てきて、私たちは愛以外についてきりもなく饒舌になり、愛という言葉が出てきて、言葉ではない愛をもつ者は私たちのかたわらで黙していて、その静けさを聞くとき、私たちが自らを憎むのも愛のうち。

＊

死ぬまでに愛することのできる歌は
おそらくみっつ

その歌をくり返しうたうことで
魂は死をおそれなくなる

死ぬまでに愛することのできる街は
おそらくふたつ
その両方に同時に暮らせないことで
私は倦怠を知る

死ぬまでに愛することのできる空は
今のこの空
それをぼんやりと眺めることで
限りある自分から目を逸らす

死ぬまでに愛することのできる女は
――その数を数えることが
愛を殺す

たとえそれがただひとりであるとしても

〈ねぇ〉

笑いで胡麻かすわけにはいかない、泣いて忘れるわけにはいかない、人波に紛れることはできない、水に流すこともできない、夕焼空に溶けこむすべはなく、子宮に帰るてだてもない、どう終ろうか、勉、終るかたちがみつからない、どこまでいっても終れないのが、おれたちの歌、ぎごちないきれぎれの旋律が建物の壁に反響し、宙に浮いている。道歌でなく攘歌でなく、悼歌でもなく、まして頌歌ではない、いずれは日常のしどろもどろと区別もつかない骨無し歌、だがだからこそと、居直ってみるか、居直れるか、それだけのしこりがうじゃじゃけた魂のどこかにあるか、かたちで交歓できぬとすればせめて真情でわたりあいたいと考えても、それが手練手管で終りそうな言葉のはしゃぎようをどうしよう。

＊

その女は生きていて目前に居る
舌で上唇をしめしてから
後期ロマン派のヴァイオリンの鼻声で
〈ねぇ〉と言う
その〈ねぇ〉はどんなえくりちゅーるよりも
手に負えない（のはきみも御存知）
いったいどこから出てくる声か
なまあったかい血がにおうし
もつれあう内臓の冥さが谺している
にぶく輝く歯と伸び縮みする舌を
きりもなくなめらかにする唾液にまみれて
意味はぬるぬると唇からすべり落ちる
〈ねぇ〉
これが魂っていうものなのか
眼の迷う暗い洞穴に耳が聞きわけるのは
祭の動悸死屍のざわめき

その女は生きていてここに居る
ずうっと昔からここに居る
誰も彼女を荒野に追放できなかったから
誰も彼女を知りつくせなかったから
今もって〈ねぇ〉と言ってる
それに答えるすべを男は永遠に知らない

スーパーマンその他大勢

〈一九八三年〉

魚屋さん

若いころ龍宮城で暮らしたことがあるのです
龍宮城では毎日若布と昆布しか食べません
新鮮なお魚がうようよ泳いでいるのにね
ある日とうとう我慢できなくなって
鰺のしっぽをかじってしまったので
乙姫さまに龍宮城から追放されてしまいました
盗んできた玉手箱を開けたらたちまち老人
でも生まれつき元気なので魚屋を始めました
そう魚屋さんは広告のチラシに書きました
誰も魚屋さんの本当の年齢《とし》を知りません

コックさん

コックさんは卵を割ります
本当はひよこをかえしたいのですが
コックさんは菜っ葉を刻みます
本当は花を咲かせたいのですが
コックさんはステーキを焼きます
本当は闘牛士になりたかったのですが
でもそんなこと言ってはいられませんね
だって一人息子が腕相撲で腕を折ったのです
おまけに砂糖壺に蟻が巣をつくったのです
その上今日は奥歯がしくしく痛むのです

花屋さん

花屋さんではピストルも売っている
そんなおそろしい話を耳にしました
噂の出所《でどころ》はどうやらパン屋さんらしいのです
パン屋さんの次男坊はふた月ほど前
花屋さんの一人娘にふられたのだそうです
だからあることないこと触れ廻るんだと
酒屋さんのアルバイトの大学生は言います
彼もどうやら花屋さんの娘が好きらしいと
そう言ったのは本屋さんの婆さまです
この婆さまは昔はテニスの選手でした

駅員

子どものころから駅員に憧れていたのに
数学者になってしまった人がいるのです
しかたがないので駅から一分の家に住んで
駅員の制服と帽子をあつらえて
毎日三十分だけ駅員にしてもらうのです
切符を切るのは本物の駅員より上手なくらい
ときどき近所の高校生がついでに
数学の宿題を教えてもらおうとしますが
数学者は駅員になりきっているので
〈御乗車はお早く！〉と言うだけです

床屋さん

〈言わないこっちゃない〉と
鋏を鳴らしながら床屋さんは言います
〈急がば廻れ〉と
頭を洗いながら床屋さんは言います
〈ランラランランラランラン〉と
ひげをそりながら床屋さんは歌います
〈私の家内にはホクロが十六ある〉
ドライヤーをかけながら床屋さんは囁きます
床屋さんの頭ははげていますから
自分で自分の髪をかる必要がありません

サンタクローズ

子どものころからひげが生えてたの？
そうきかれてサンタはさびしくなりました
だってサンタは生まれおちたそのときから
白いひげのおじいさんでしたから
子ども時代がないということは
ぶらんこに乗った思い出がないということ
初恋の女の子の写真がないということ
そうして死ぬほど欲しかった玩具《おもちゃ》の汽車を
クリスマス・ツリーの下で走らせた経験が
ないということなのですから

夫婦

夫婦は毎日それはそれは忙しいのです
なにしろゴキブリが六十ぴきもいますから
そのほかに子どももひとりいますから
そのほかにお鍋も大小十二個ありますから
そのほかに税金も払っていますから
そのほかに星座もときどき見ますから
そのほかに結婚記念日などもきますから
そのほかに親友をきらいになりますから
そのほかに退屈したりもしますから
そのほかにふたりでニヤリと笑いますから

通信士

通信士には自分の意見がないのです
バラとユリのどっちが好きかときかれても
頭の中がぼうっとしてしまうだけです
ひまなときは奥さんとジェスチュアをします
公園で犬のウンコをふんづけたひょうしに
買物袋の中のオレンジがころがり出て
それがパトカーにひかれたなんていうのを
やすやすとジェスチュアでやってのけて
通信士はベッドにもぐりこみ
ヒマラヤが噴火する夢を見るのです

飼育係

ペンギンに接吻《キス》しないで下さい
そういうきまりになっていますから
ライオンに子守唄を歌わないで下さい
ふるさとのサバンナを思い出しますから
カンガルーを熱気球にのせないで下さい
おなかの子どもは高所恐怖症ですから
ゴリラと哲学の議論をしないで下さい
バナナを食べなくなりますから
動物園の飼育係はそんな立札を書きながら
自分じゃペンギンにそっと恋文《ラブレター》を渡すのです

詩人

詩人は鏡があると必ずのぞきこみます
自分が詩人であるかどうかたしかめるのです
詩人かどうかは詩を読んでも分からないが
顔を見ればひとめで分かるというのが持論です
詩人はいつの日か自分の顔が
切手になることを夢見ているのです
できればうんと安い切手になりたいんですって
そのほうが沢山の人になめてもらえるから
詩人の奥さんは焼そばをつくりながら
仏頂面をしています

果物屋さん

果物屋さんは夜になると電話をかけます
もちろん果樹園の主人にかけるのです
でも果物の話はほとんどしません
ふたりは最近読んだ本の話をします
果物屋さんはこのところＳＦに凝っています
どうして他の星の生物が人間の言葉を喋るのか
それが果物屋さんにはどうも腑に落ちません
一言も分からなくていいから
宇宙人の喋る言葉をこの耳で聞きたいと言うと
果樹園の主人は何故か黙りこんでしまいます

課長

課長は恋をしてしまいました
高校生の娘が二人いるというのにね
もちろん奥さんと奥さんのお母さんと
シャム猫とスピッツもいるというのにね
課長は朝ひげをそりながら溜息をつきます
夜テレビで野球を見ながら涙ぐみます
昼間屋上でぼんやり街を眺めます
なのに誰もそういう課長に気がつきません
恋をしていると知ってるのは恋人だけ
課長の恋人も課長に恋をしているのです

お医者さま

お医者さまは病気をみつけるのが趣味です
というのも近ごろでは何故か
病気になりたがっている人が多いからです
どこも悪くなくてぴんぴんしてるのは
鈍感みたいで恥ずかしいという銀行員に
桃色と黄色と透明な薬をあげます
ひとつも病気がないというのも病気の一種だと
お医者さまは分かりやすく説明してくれます
お医者さま自身ももちろん病気です
なおらないように毎日湿布をしています

プロレスラー

故郷の村の河に立派な橋をかけたい
それがプロレスラーの一生の願いです
それも自分の手と足と筋肉を使ってです
木は裏山の杉林から切り出します
石は河原からかついできます
設計図は一年がかりで書き上げてあります
立派な橋をかけてその上を歩いて渡って
隣村のあの娘《こ》に結婚申込みにいく
帰りはその娘を肩車してまた橋を渡る
そう夢見ながら彼はカルピスを飲みます

推理作家

もう人が殺される物語を書くのはいやだ
モーツアルトのクラリネット五重奏曲のような
明るい哀しみに満ちた若者の話を書こう
クラリネットのような娘チェロのような青年
ヴァイオリンとヴィオラはその友人たち――
深夜ひとりで推理作家はそう思いました
ハッピーエンドのどこがわるいっていうんだ
小説の登場人物は現実の人間とは違う！
彼はテーブルをこぶしでどんと叩きます
彼の背中には大蛇の刺青《いれずみ》があります

旅行家

旅行家はまだどこへも行ったことがありません
旅行家は旅行家のかっこうをして
いつ出発してもいいように用意しています
タンザニアのお金だってちゃんともってます
パリの地下鉄路線図も買いました
でも今のところ旅行家はうちにいて
いとこのスエターを編んでいます
模様編みのところが大変むずかしいので
別のいとこに電話で教えてもらって
それから水虫の薬を足に塗るのです

ウエイトレス

ウエイトレスは世をしのぶ仮のすがた――
そうウエイトレスは打ち明けました
ではウエイトレスは本当は何なのでしょうか
大日本秘密探偵有限会社の調査によると
彼女はうちに鰐と梟と黄金虫を飼っています
でもそれだけでは何も分かりません
さらに調査をすすめた結果
彼女の好きな食べものはビー玉らしい
それでも彼女が何者かは分かりません
果して彼女自身には分かっているのでしょうか

郵便局長

郵便局長には孫が三人います
ひとりは空中ブランコのりになりました
ひとりはひどいくすぐったがりやです
あとのひとりは三歳で恋におち
五歳で婚約して七歳で結婚し十歳で離婚して
いまはペルーのいなかで羊飼いをしています
去年エルサルバドルで盲腸をとったけど
おなかの傷は全然目立たないそうです
ペルーは空がとてもきれいだから
ラジカセはこわれたままでいいんですって

お坊さん

お坊さんはとてもとても困っています
三年前に酔っぱらって階段から落ちて死んだ
落語家の友だちが夜中に電話をかけてきて
〈極楽はつまんねえ所だよォ〉と言うのです
〈蓮の花なんてプラスチックでよォ
観音さまはむっつりしてるし
地獄のほうへ引っ越せねえかなァ〉
一所懸命お経をあげるのですが
落語家の友だちは毎晩電話してくるのです
お坊さんはヤケ酒を飲み始めています

部長

マグニチュード8の地震のときも
部長はきわめて冷静にお茶を飲んでいました
あわてては社長に申訳ないと思うからです
エジンバラ支店からテレックスが入ると
ただちに国際電話で北京を呼び出し
〈パンダはまだか〉と静かにたずねるのです
実はやりかけのジグソーパズルのことが
気にかかっていて早く帰宅したいのですが
そんなことはおくびにも出さずに
部長は係長を優しく叱っています

ピエロ

ピエロの素顔を見たことのあるのは
ピエロのもとの奥さんだけです
泣き笑いの化粧の下にあったのは
しわだらけのふつうのおじいさんの顔でした
素顔のピエロは泣きも笑いも怒りもせず
〈貯金はいくらたまったかね〉ときくのです
ピエロのもとの奥さんはその貯金を引出して
十段変速の自転車を買って家出しました
ふつうの顔をしたおじいさんピエロは
あくる日月賦でトランペットを買いました

建築家

家を一軒だけ設計したことがあるのです
その家には二階があるのに階段がなく
水道があるのに蛇口がなく
カーテンがあるのに窓がないのです
〈それでいいのだ〉と建築家は言います
遠くから見るとその家はとてもきれいなので
一度なんか空飛ぶ円盤もやってきました
建築家は今ではお豆腐屋さんと友達です
お豆腐は世界一美しい形をしている
そう考えながら建築家は一人占いをします

先生

自分の知っていることは何もかも教えたい
先生は毎朝はりきって学校へやってきます
でもひとつだけ心配なことがあるのです
それは入歯がはずれやしないかということ
もしはずれたら生徒みんなに馬鹿にされる
そして何を教えても信用されなくなる
そう考えると先生は無口になってしまいます
だから先生は怒ったような顔で
黒板に文字や数字を書きつづけます
かわいそうなかわいそうな先生！

スーパーマン

スーパーマンは駅前の本屋さんで
スーパーマンの漫画を五さつ買いました
自分のことがのっているので嬉しくて
少しだけ空を飛んでみました
それからマクドナルドへ寄って
天ぷらうどんを注文したのですが
みんながげらげら笑うので困ってしまって
笑わない悪漢を探しに出かけます
スーパーマンには実は恋人がいるのです
恋人は紫色の仔豚と同棲しています

あとがき

一九六八年に出版された角川文庫『谷川俊太郎詩集Ⅰ』は自選だったが、今回は選も解説をお願いした北川透さんにおまかせした。北川さんが私の雑多な詩集に、公平に目を配り、おそらくは自分の好ききらいを抑えて、私をいわば俯瞰的に見て下さったことに感謝している。「怪人百面相」は少々身に余るとしても、その名は私が知らずにめざしてきた方向を言い当てている。

十代の終りごろ、私は友人に誘われて、全くうかうかと詩のようなものを書き始めた。とりたてて詩が好きだったわけでもなく、まして詩を一生の仕事とすることなど考えもしなかった。そんな私が、もう四十年近く詩にかかわってきて、今では詩を書くことを、天職のようにも考えている。自分でも気づかぬうちに私は詩に、つまり言葉にとらわれてしまった。そのおそろしさと楽しさを存分に味わえたことを、現在の私は幸運だと思っている。

ただひとつの書きかたを、年を重ねるにつれて辛抱強く成長、変化させてゆく、そういう書きかたに憧れながら、自分にはそれができないと自覚するようになったのは、この詩集に収められた作品を書くようになってからである。詩史、文学史というようなものに無関心で書き始めた私は、自分の書くものの縦のつらなりよりも、むしろ横のひろがりのほうに関心がある。

後世をまつという気持ちは私にはなく、私はもっぱら同時代に受けたい一心で書いてきた。それも詩人仲間だけでなく、赤んぼうから年よりまで、日本語を母語とする人々すべてにおもしろがってもらえるような詩を書こうとしてきた。私にあるのは、ひどく性急な野心の如きものだろうか。だが、その野心を支えたのは、私自身ではない。私をはるかに超えた日本語の深さ、豊かさなのだ。

一篇の詩を書き始めるとき、私は自分で考える以上に無意識なのではないかと思う。何が書けるか、というよりむしろ何が出てくるのか見当もつかぬことが多い。ひとつの書きかたに飽きて、他の書きかたを漠然と求めている場合にも、計算ずくではない。何故こんなものを書いたのかという、自分なりの解釈はいつも詩を追いかけるようにしてしか出てこない。だから、詩は、そして日本語はいつまでも私にとって、新鮮なスリルに満ちている。

これらの作を私に書かせて下さった編集者のかたがた、角川書店の豊嶋和子さん、装偵の亀海昌次さんに厚く御礼申しあげる。

一九八五年八月

著　者

あとがきに代えて

問いに答えて2

谷川さん、写真と詩って関係あるんですか？

映画は時間に沿って物語が水平に展開されていくよね、それに対して写真は時間をいわば止めてしまって、垂直に一つの場面の深さを提示しようとする。映画は小説、写真は詩にたとえることも出来ると思う。

なるほど、それで写真集なんかも出してるんですね。

映像を言語テキストと組み合わせることで、新しい表現が生まれるのを、絵本制作で学んだ。『定義』では、言葉だけでどこまで一個の事物にひそむ深さに迫れるか試みた。でも事物は互いに網の目のように絡み合ってるから、深さと同時に広がりも考えることになる。定義を目指して結局定義は不可能という、定義のパロディみたいなことになった。

『定義』と『ことばあそびうた』を同じ作者が書いたとは思えませんね。

いつもあの手この手を考えているからね、同じアイデア、同じスタイルで書き続けていると自分で自分に飽きちゃうし、現代詩にはまだまだ未開拓の部分があると思い続けていたから。

言葉で遊ぶっていう発想はどこから出て来たんでしょう？

言葉の意味だけじゃなく、言葉の音も詩の重要な要素なんだ。日本の伝統的詩形である短歌、俳句は七五調と呼ばれる韻文だけど、現代詩はそれに反発したんだね、おかげで詩が散文に近づき過ぎてしまった。言葉の音楽的要素を活かそうとすると、散文的な意味の引力から少し逃れることが出来るけど、かと言って七五調で詩を書くと時代錯誤みたいになる。じゃあ韻を踏んで書いてみようとしたのが『ことばあそびうた』。子ども向きに書いたと思ってる人も多いが、自分としては日本語の音の豊かさ、楽しさを復権しようという心意気だった、大人より子どもの方がすぐ覚えて声で楽しんでいるけどね。

英語圏のわらべうたと言える〈マザー・グース〉を訳したこともいろいろ勉強になってるんじゃありませんか。

個人で創るいわば〈アート〉としての詩と、無名の人たちから生まれる〈クラフト〉としての詩という風に、分けて考えてもいいのではないかと思うようになった。『わらべうた』は日本のわらべうたと〈マザー・グース〉から生まれ育った形だと言ってもいいかもしれない。こういうひらがな表記を主とするテキストは、絵本の世界で仕事するようになってから、漢字表記では出せない日本語の声の歴史と多面性を意識するようになって、書くのが自由になったね。

ひらがなだけで長い詩も書いてますね。

「みみをすます」は依頼された行数が多くて、あまり長い詩は得意じゃないから、一行の字数を少なくしようかなんて工夫しているうちに、ああいうスタイルが生まれたんだ。純粋に自分の内面から生まれたように思っていても、詩も有形無形の他からの働きかけから生まれてくる。「みみをすます」はまた詩を声に出して伝える経験と方法を自覚して書いた面もある。

『対詩』は日本の連句などの伝統を踏んで発想されたのでしょうか。一人で書くのではなく二人であるいは数人で書くというのは、近現代詩の中で

はほとんど例がありませんでしたね。

今ではメールなんか使って気軽に数人で詩をリレーしたりしてるけど、当時は手紙かファックスだった。「座」と言って実際に一室に集まってその場で作っていくのが本来で、相手の詩を受けて即興的に書くことで、これまでにない書き方が生まれることがある。

『コカコーラ・レッスン』は散文詩ですよね、散文の形で書いても詩は成り立つんですか？

作者としてはどんな形で書いても、詩を目指しているのだけれど、読者の側からすると〈これでも詩ですか〉ということになりかねないね。現代詩は難解という評判も、作者が通常の散文にはない表現をとることで、詩に近付こうとするからだろう。

詩という日本語には英語で言う〈ポエム〉つまり形になった作品としての意味と〈ポエジー〉つまりまだ言葉になっていない心の状態としての意味が重なっているとされていますが……

詩の話をしているとそこも問題だね。写真や絵や、ポップスのリズムやメロディとも、詩は親和性が高くて、合唱曲や詩画集のような詩集とは違う形で、詩が読者に受け止められる場合も多い。詩と他の様々な分野とのコラボレーションは、多様化しているメディアも含めてこれからも盛んになっていくと思う。

二〇一八年十月

著　者

怪人百面相の誠実
——谷川俊太郎の詩の世界

北川透

建築家

この夏、はじめて谷川俊太郎に会った。
谷川さんの詩には、三十年も前から出会っているが、人物に会うのははじめてだった。詩集に収録する作品を選定するための打ち合わせである。編集の豊嶋さんに、ボクは地理音痴なので、すぐに行けてまごつかない場所にして下さい、と頼んだ。彼女の話によると、谷川さんは、それなら帝国ホテルがよかろうと言って、そのなかのあるレストランを指定したそうだ。

帝国ホテルなら、中野重治の詩にあるから、わたしでも知っている。その詩には《ここは西洋だ／イヌが英語をつかう》と書かれているが、もちろん、昔の話だ。いまは、別に帝国ホテルに行かなくても、日本は〈西洋〉だらけだし、イヌも進歩したので英語をつかわない。わたしは友人に教えてもらった通りに行ったら、迷わず、帝国ホテルに着いた。それでもレストランの前で、うろうろしていると、やあ、と言って谷川さんがホテルの入口から入ってきた。初対面でも、谷川さんは写真で知っているからすぐわかる。彼もそんなところでうろうろしているあやしげな男は、わたし以外にはいない、と判断したのだろう。

谷川俊太郎は詩人である。

詩人というのは、この世のなかでいちばん不思議な顔をしている。いや、ほかの詩人がどういう顔をしているのか、わたしはよく知らない。わたしが知っている少数の詩人と呼ばれている人は、詩人の顔をしていない。彼らはサラリーマンであり、大学教授であり、小説家であり、主婦や独身女性やその他の顔をしている。自己紹介されなければ、詩人であるかどうかわからない。しかし、谷川さんは正真正銘の詩人だから、顔さえ見ればすぐにわかる。そのことは、彼自身がこんな風に書いていることからもたしかだ。

詩人は鏡があると必ずのぞきこみます
自分が詩人であるかどうかたしかめるのです
詩人かどうかは詩を読んでも分からないが
顔を見ればひとめで分かるというのが持論です（「詩人」部分）

――なぜ、ひとめで分かるのか。それは詩人には顔がないからだ。いや、顔がなくては鏡にも写真にも映らないから、カメレオンのような顔をしている、と言った方がよいか。しかし、詩人は自分の身体を環境の色に変化させるわけではない。ことばによって、どんな顔にもなりうるのが詩人だ。つまり、詩人とは、たとえばアイウエオの顔をしている。

その時も、話している間、谷川さんの顔はさまざまに変化した。考え深そうな横顔をしたとき、哲学者やマラソンランナーみたいだった。身振り手振りで熱がこもってきたとき、庭師やコックさんのようだった。アメリカの話をしたときは、ジャズピアニストや舞踏家の顔になった。しかし、大臣や教授や警察署長の顔にはならなかった。ほんとうの詩人は怪人21面相どころか、32面相にも、百面相にもなれるが、しかし、決してならない顔、なりたくない顔もあるのである。もし、大臣の顔になっても、その前に役者の顔になっているのが詩人なのだ。

わたしは詩人の顔の刻々の変化に気を奪われていて、そこでの話題については、ほとんどうわのそらだったが、彼が建築家の顔をして、たった一軒だけ自分の設計した不思議な家について語ったのを覚えている。その話によると、その家には二階があるのに階段がなく、水道があるのに蛇口がなく、カーテンがあるのに窓がない。遠くから見ると、その家はとてもきれいなので、空飛ぶ円盤もやってくるのだ、と言う。それは彼が書いた「建築家」という詩のなかの家にそっくりだった。

スーパーマン

では、詩人は役者のようなものなのか、という疑問がわいてくるだろう。たしかに、役者は扮装して舞台の上で変身する。しかし、詩人はどこにいてもことばで変身する。いや、変幻自在なことばになる、と言った方がよいかも知れない。そして、いま、谷川俊太郎ほど、さまざまに変化し、運動する、ことばの身体になりきっている詩人はいないだろう。その運動することばの広さと深さ、豊かさのすべてを、まとめて語ることはとてもむずかしい。必ず、そこからはみでてしまうものがあり、また、はみでたことばが、こにくらしいほど生きているからだ。どうせむりなら、まずわかりやすく、形の上でおさえてみたらどうか、と思う。

そうすると、まず、わたしたちが最初に出会う詩《うた》のなかに、彼のことばがあるのに気づく。それらは『マザー・グースのうた』（翻訳）や『ことばあそびうた』、『わらべうた』などである。これらはまだ文字を知らないこども、あるいは文字を習いはじめたばかりのこどもでも親しむことのできるうたの世界である。次に受験や進路に悩んだり、友情や裏切りを知る頃、わたしたちは二番目の詩に出会う。いわゆる少年詩の世界であるが、そこにも谷川俊太郎のことばはある。それらは『誰もしらない』や『みみをすます』、『どきん』、『スーパーマンその他大勢』などの詩集や詩画集になっている。

そして、恋を知ったり、結婚したり、会社に入ったり、なにかわけのわからない大きなものとたたかったり、深く傷ついたりする頃、わたしたちが求める詩のなかに、谷川俊太郎のことばは、広い共感の帯をつくっている。このいわゆるポピュラーな現代詩の世界は、『うつむく青年』、『空に小鳥がいなくなった日』、『夜中に台所でぼくはきみに話しかけたかった』、『そのほかに』、『日々の地図』、『手紙』など、多数の詩集にまとめられている。これらよりも、もっと深く詩を知りたい、一篇を何十回と読み、人生の秘密とことばの秘密がとぐろを巻いている現代詩のうっそうとした森、そして現代詩のもっとも新しい試みのなかにも入ってゆきたい、そんな読者の欲求のまえにも谷川俊太郎のことばは十二分に開かれている。それらは『旅』であり、『定義』や『コカコーラ・レッスン』であり、詩人正津勉との往復書簡の形式をもっている『対詩』などの詩集である。

もとより、これらはほぼ一九七〇年から一九八四年までの谷川俊太郎のさまざまな詩的試み、その運動することばを、とりあえず、形式の上で、分類してみたに過ぎない。〈わらべうた〉は、わたしたちが出会う最初のうたであると同時に、最後のうたでもある。ことば遊びの要素は、『ことばあそびうた』にあるだけでなく、少年詩の世界にも、ポピュラーな詩の世界にも、実験的な現代詩の世界にもある。また、『誰もしらない』は、ほとんどは作曲された、うたわれる詩が収められているが、そのなかには『わらべうた』に入るのもあるし、ポピュラーな現代詩として読めるものもある。このことは多かれ少なかれ、どの詩集にも言えるのであって、その境界は流動的である。それに読者が詩に近づく仕方は多くの偶然に左右されるから、最初に出会う彼の詩集が『わらべうた』とは限らない。いきなり、現代詩のもっとも新しい試みである『定義』の世界に足を踏み入れ、その途方に暮れる愉悦にひたったとしても、なんの不思議もない。

あたりまえのことだが、読者はどの入口から、谷川俊太郎のことばの世界に入らねばならぬという順序も制約もないはずだ。どの入口から入っても、彼の詩の深い奥行きと広がりに魅了されるはずである。そして、谷川さんにとっての詩の深さと広がりは、人間の生きるということの深さと広がりと同じであり、いや、時にはそれ以上のものである。彼の詩を読む上で、読者がこれはおとなの詩、こどもの詩、だれにもわかる詩、少数の人にしかわからない詩という垣根をもうける必要がまったくないのは、もともと詩人自身がそんな垣根をつくっていないからである。詩人はどこへでも自由に出たり入ったりする。行きっぱなし、ということは絶対ないのだ。これはむろん、変身術というようなものではなく、ことばの自由な運動が、詩人が生きることの自由とつながっているからだろう。

詩人ならだれでもこんなことができるというわけではない。うたうための詩や、こどものための詩を書きだしたら、もう現代詩の世界へは帰ってこない詩人、少年詩は書くけれども現代詩を知らない詩人、現代詩の世界で実験的な試みをすることが、その他の領域の詩を軽蔑することになっている詩人、いったん小説を書きだしたら現代詩を忘れてしまう元詩人……こうした不自由な詩の世界にあって、いかに谷川俊太郎の自由がめざましいことか。それはほとんどスーパーマンみたいだ。スーパーマンと言っても、あの天ぷらうどんを注文して、みんなにゲラゲラ笑われるような、あのスーパーマンだ。

スーパーマンは駅前の本屋さんで
スーパーマンの漫画を五さつ買いました
自分のことがのっているので嬉しくて
少しだけ空を飛んでみました
それからマクドナルドへ寄って
天ぷらうどんを注文したのですが
みんながげらげら笑うので困ってしまって
笑わない悪漢を探しに出かけます
スーパーマンには実は恋人がいるのです
恋人は紫色の仔豚と同棲しています(「スーパーマン」)

お医者さま

それにしても、詩人がことばという身体になってしまうことは、それがどんなに自由の魅惑に満ちていても、不幸なことかも知れない。なぜなら、健康とか、幸福とか、慰安というのは、むしろ、ことばを不要にしている場所に訪れるものだからだ。ちょうど空気を意識するとき、空気が汚れているように、こどもを強く思うとき、こどもが病んでいるように、平和を過剰に意識せねばならぬとき、平和が死んでいるように、ことばを意識し、ことばに憑《つ》き、ことばの身体になってしまうということは、ことばが危機にさらされている、あるいはことばに表象される人間が危機にさらされている、と言えなくはない。

いつの時代でも、ことばは使いふるされて、病んだり、衰えたり、死んだりしてゆくが、特に、現代はそのスピードがとても速い。昨日まできらきらしていたことばが、きょうは、もう使いものにならない、ということがよくある。そのとき、詩人はことばの病気を見つけ、それをよみがえらそうとする医者のようなものだろう。しかし、ことばの病気があまりに重く、死に瀕しているとき、それを生き返らそうとする努力は、詩人をほとんどことばの病気にしてしまう。詩人がことばの身体になってしまうということは、そのような病症を示している、とも言える。しかも、ことばの病気には魅力的なところがあるから、いったん、重症になってしまうと、もはや直りたくないのだ。あの「お医者さま」という詩のなかでうたわれているお医者さまのように。

お医者さまは病気をみつけるのが趣味です

というのも近ごろでは何故か
病気になりたがっている人が多いからです
どこも悪くなくてぴんぴんしてるのは
鈍感みたいで恥ずかしいという銀行員に
桃色と黄色と透明な薬をあげます
ひとつも病気がないというのも病気の一種だと
お医者さまは分かりやすく説明してくれますお医者さま自身ももちろん病気です
なおらないように毎日湿布をしています（「お医者さま」）

——谷川俊太郎は、《なおらないように毎日湿布をしてい》る詩人かもしれない。むろん、そこにはユーモアがあるので病気のようにはまったく見えないが、しかし、彼が毒をもって毒を制する危険に身をさらしていることはたしかだ。その現代詩のもっとも尖端的な試みのなかに詩集『定義』は成立している。

わたしたちは、ものや概念を区別し、その差異を明らかにするために、それをことばで限定しようとする。それが定義だ。日常の世界では、こうした沢山の、しかもあやふやな定義の暗黙の了解を前提にして、言語生活が成り立っている。しかし、ものの変容でその定義が意味を失っていたり、あるいはあまりにそれを当然の前提とするために、かえってもののほんとうの姿から遠ざかっていたり、もともと定義不能の領域がいっぱいあるのに、陳腐な定義によって安心していたりする。つまり、ことばが病んだり、死んでいる状態とは、ことばとものの関係の死、それを支えている人間の関係の死のことであろう。

詩集『定義』には、さまざまな試みがあるので、それをただ一つの理解にひきつけることは危険だが、その主要な試みのなかには、このものとことばとの既成の関係を解体し、最初にものをことばで名づける、あの不安で魅惑に満ちた関係を取りもどそうとする方法があるように思う。もとよりそれは正しい定義とか、理想的な定義というような、ものとことばの新しい規範をめざすことではない。ものをことばで名づける、あるいはついに名づけることができないという、自由で不安に満ちたそのものをめぐることばの運動の過程の記述、それ自体がめざされた、と言ってよい。たとえば、「コップへの不可能な接近」は、次のような作品だ。

> それは底面はもつけれど頂面をもたない一個の円筒状をしていることが多い。それは直立している凹みである。重力の中心へと閉じている限定された空間である。それは或る一定量の液体を拡散させることなく地球の引力圏内に保持し得る。その内部に空気のみが充満している時、我々はそれを空と呼ぶのだが、その場合でもその輪廓は光によって明瞭に示され、その質量の実存は計器によるまでもなく、冷静な

一瞥によって確認し得る。

指ではじく時それは振動しひとつの音源を成す。時に合図として用いられ、稀に音楽の一単位としても用いられるけれど、その響きは用を超えた一種かたくなな自己充足感を有していて、耳を脅かす。それは食卓の上に置かれる。また、人の手につかまれる。しばしば人の手からすべり落ちる。事実それはたやすく故意に破壊することができ、破片と化することによって、凶器となる可能性をかくしている。（「コップへの不可能な接近」前半）

――コップは、それがつくられた使用目的から言えば、《主として渇きをいやすために使用される一個の道具》であるに過ぎない。しかし、そうした〈用〉からはなれて、あるがままのコップについて記述しようとすると、形状、空間、質量、音響、そして、思いもよらない可能性への逸脱……といった多面的な意味をあらわしてくる。ことばによるものへの接近は、ものそのものをあらわしているようだけれども、むしろ、そのものについての詩人のことばの経験の深化や広がりを語っている。そして精密な記述になればなるほど、ものとは異質なことばの自立した空間をつくりだしてしまう。この「コップへの不可能な接近」は、そのことをよく語っているように思う。

ことばによる定義には、どんな定義にも必ず、ものへの接近がものからの逸脱となる矛盾がひそんでいるのに、すべての定義はものの正確な理解という片面しかあらわしていない。谷川俊太郎は、その矛盾に満ちたものへの〈不可能な接近〉を、ことばの自由な運動と化すことで、そこに詩の現前を見ようとしたのだと思う。

ピエロ

さきにわたしは、正真正銘の詩人などと書いたが、ほんとうはこんな言い方が好きではない。むしろ、谷川俊太郎の自由なことばの運動を見ていると、なにやら魂の詐欺師とか、ことばのいかさま師とか、怪盗俊太郎とかそんなニック・ネームで呼んでみたくなる。そして、彼もそれを喜ぶにはちがいないが、しかし、そのように言って消えてゆくものは、この詩人がどんなにことばへの自在な態度にもかかわらず、決して失わない誠実とか、真摯とか、あるいは尊厳とかのことばであらわされる倫理性である。彼は詩集『旅』のなかで、ふとこんな感慨を記している。

昨日書いていたのに
今日私はもう詩の書きかたを忘れている
私は手に何の職もない中年の男
欲望だけはまだ残っているが（「*anonym* 7」第一連）

――このように、自分の素顔を、ときどきちらっとさらすのが、わが怪人百面相の誠実ということである。そして、それは奥さんだけに素顔をさらすピエロに似ている。

ピエロの素顔を見たことのあるのは
ピエロのもとの奥さんだけです
泣き笑いの化粧の下にあったのは
しわだらけのふつうのおじいさんの顔でした（「ピエロ」部分）

――もっとも、この詩のピエロのもとの奥さんは、ピエロの貯金を引き出して家出をしてしまう。そのために、ふつうの顔したおじいさんピエロは、月賦でトランペットを買うはめになっている。こうなると、化粧した顔のピエロがピエロなのか、ふつうの顔をしたピエロがピエロなのかわからなくなる。いや、詩人は、人が生きるということ、それ自体がピエロだと言っているような気がする。昨日は詩人、きょうは《何の職もない中年の男》、舞台の上ではピエロ、化粧をとれば《しわだらけのふつうのおじいさん》、そのどちらが仮装で、どちらが素顔か、ということをほんとうは単純にはきめられない。ことばによる怪人百面相によってこそ、その素顔はよく発揮されているとも言えるし、逆に素顔は詩人の仮の姿とも言えるからである。ただ、谷川俊太郎にとって、おそらくはっきりしていることは、仮装・素顔のいずれにおいても、人はピエロを演じねばならぬという痛い自己認識であり、かなしみであろう。先の詩集『定義』のなかにも、「道化師の朝の歌」という作品がある。


それは在るのではないだろうか。何かなのではないだろうか。

誰も表現はしていないが、輪廓は明瞭だと思う。永遠にその位置を保つとは考えられないが、今は光を僅かに反射していると思う。影も落ちていると思う。それは無いはずがなく、何故か何かのようなのだ。

だがもし何かであるなら、たとえ誰にも使用されぬとしても、何でもいいとは思えないと思われる。何か何かであってほしいような気がする。何かでないはずはないのではないだろうか。何かでないとしたら、いったい何でありうるのか。何か以外に何もないではないかではないか。（「道化師の朝の歌」前半。傍点は原文のまま）

それはだれも表現してはいないがたしかに〈在る〉ものだ。それ自体は少しも曖昧ではなく、たとえば貝、縄、眩暈などと呼んでしまってもさしつかえないものなのだが、そのような名前で呼ぶとなにか別のものになってしまう。そこでその何かをめぐって、ことばは《なのではないだろうか》とか、《明瞭だと思う》とか、《今は……と思う》とか、《のようなのだ》とか、《何かであってほしいような気がする》とか、《ないではないかではないか》という、断定を無限に避ける叙述にならざるをえない。ここでことばは、名づけようもないものを名づけようとして沈黙に近づかざるをえない、そのものを正確にあらわそうとしてあいまいにならざるをえない、そして、その沈黙を表現しようとして饒舌にならざるをえない、という逆説を生きている。

こうしたアイロニカルなことばの運動において、現代あるいは現在というものの不可触性と、表現不可能性に対する全体的な喩は形成されている、と見なすことができる。そして、名づけようと思えばいくらでも名づけられるし、また、名づけたくてしかたがないのに、やはり名づけられないその何か、そこから世界がはじまるところでもあり、終ってしまうところでもあるその何かに、ことばのまなざしを向け、ことばによって接近せざるをえない一種の宿命的な主格が、〈道化師〉として、おそらくは自己認識されているのである。ところで、その容易に名づけられるし、本質的に名づけられない、その何かが、たとえば、わたしたちがほとんど毎日排泄するうんこだったら、人々はどんな態度をとるのだろう。鼻をつまんで眼をそむけるか、砂をかけたり、何かおおいをすることで視えないようにしたり、うんこということばを忘れようとする。なにしろそれはくさいし、きたないし、ことばにするのもはしたないからだ。

しかし、詩集『どきん』に収められている「うんこ」という詩を見ると、わが〈道化師〉は、《ごきぶりの　うんこは　ちいさい／ぞうの　うんこは　おおきい》と、それの大小、形、重さ、色を区別し、草木や虫を育てる生活機能におもいをはせ、親しみをこめて次のようなメッセージを送っている。

どんなうつくしいひとの
うんこも　くさい

どんなえらいひとも
うんこを　する

うんこよ　きょうも
げんきに　でてこい（「うんこ」後三連）

――これはピエロの演技なのだろうか。むろん、詩人の素顔は、おまんじゅうや花を扱うようには、うんこに直面しえないはずだ。それがありうるように、うんこをうたっているのは、ピエロの演技と言ってよいのだが、しかし、それが可能なのは、詩人がうんこを見ながら、それを越える名づけようのないものまで、まなざしを届かせているからだ。それは、わたしたちが食い生きることと同義に、必ず、汚物を排泄する、ということである。王も乞食も、美人も悪党もひとしく、この汚物の生成と排出が絶対的に避けられないのなら、《うんこよ　きょうも／げんきに　でてこい》と、ほがらかに呼びかけて、これと直面していくほかないのである。『定義』にも「不可避な汚物との邂逅」という作品があり、これについて、《その臭気は殆ど有毒と感じさせる程に鋭く、咄嗟に目をそむけ鼻を覆う事はたしかにどんな人間にも許されているし、それを取り除く義務は、公共体によって任命された清掃員にすら絶対的とは言い得ぬだろう。けれどそれを存在せぬ物のように偽り、自己の内部にその等価物が、常に生成している事実を無視する事は、衛生無害どころかむしろ忌むべき偽善に他ならぬのであり、ひいては我々の生きる世界の構造の重要な一環を見失わせるに至るだろう》と書かれている。

ところで、この《我々の生きる世界の構造の重要な一環》となっている汚物・うんことは、ほんとうにあのわたしたちが朝ごとに力んで排出する、あのうんこなのだろうか。それはたしかにあのうんこなのだが、しかし、わたしたちが避けられず生みだしてしまう、その他膨大な物質と観念のさまざまな汚物にも合流してゆくはずである。そして、そのさまざまな汚物との、不可避の邂逅を、非人称のピエロとして、ユーモラスに演じてゆくのが、谷川さんである。『わらべうた』のなかでも、あれはこんな風に虹色の交響をかなでているではないか。題して「おならうた」。

いもくって　ぶ
くりくって　ぼ
すかして　へ
ごめんよ　ば

おふろで　ぽ
こっそり　す
あわてて　ぷ
ふたりで　ぴょ

ひとりぼっちの裸の子ども

谷川俊太郎の二冊の『わらべうた』は何度読んでもおもしろいし、あきない。彼はその〈あとがき〉で、こどもの読者にその意図をわかりやすく説明している。昔から口づたえでつたえられてきた〈わらべうた〉が、時代が変るにつれて、少し古くさくなってきて、いまのこどもにうたわれなくなってきた。しかし、〈わらべうた〉は頭の中で読む詩と違って、毎日の暮らしの中で、ふっと口をついて出てきて、からかったり、はやしたり、悪口を言ったり、ふざけたり、遊んだりする、そういうことばだ。この新しい〈わらべうた〉は自分が作ったものだが、こどもたちが自由にことばをつくりかえたり、新しくつくって遊んでくれたらいい、と。

これからみてもわかるように、『わらべうた』は、こどもの読者を対象にして、古い〈わらべうた〉を新しく生かすかたちでつくられたうたである。しかし、それを書いている（というよりうたっている）のは、谷川俊太郎のなかに住んでいる一人のこどもである。それを〈ひとりぼっちの裸の子ども〉と言った方がよいかも知れない。詩集『空に小鳥がいなくなった日』にこんな作品がある。

ひとりぼっちの裸の子どもが泣いている
孤児院はまっぴらだ
テレビもいらないよ
お金もほしくない
だれかがいっしょに歌ってくれさえすれば（「ひとりぼっちの裸の子ども」部分）

たしかに、彼のなかのひとりぼっちの裸のこどもが、一緒にうたってくれ、と言ってうたっているのだ。詩人だけでなく、だれもが自分のなかに一人の少年か少女を住まわせている。しかし、おとなになる過程で、その少年や少女は致命的な損傷を受けることになる。だからその子のことをすっかり忘れてしまっている人もいるし、傷ついている自覚もなくその子と一体化して、こどもっぽくなってしまっている人もいる。谷川俊太郎のなかにいるのは、ひとりぼっちの裸の子どもだから、だれのなかにいるこどもよりも傷ついているはずだ。しかし、そのことをまただれよりも自覚しているが故に、彼は全体的にこどもを演出できるのだろう。いや、演出というよりも、その傷ついた裸のこどもと一緒にうたいだす、座敷童子のような視えない複数のこどもたちをつくりだしてしまうのだ。

そして、そのような複数のこどもたちが依拠しているのは、わが国に古くから伝承されてきたことば遊びの幻野である。なぞかけ、早口ことば、尻取り、地口、回文、畳句などがそれである。これらのことば遊びによって、ユーモアや諷刺、笑いなどが生き生きとした表現になったし、日本語の微妙なニュアンスや豊かさ、おもしろさにも気づいたのである。〈わらべうた〉は、むろん、こどものことば遊びの世界であるが、しかし、それはこうした日本の詩歌の母胎となるような、広いことば遊びの伝承に根を置いている。従って、その〈わらべうた〉を新しくしようという試みも、単にこどものうたという環に閉じてしまわず、現代詩の世界とも通交自由な関係を生みだしているのだ。「あきかんうた」などは、こどもたちにも親しい現代都市の風俗〈あきかん〉に素材を得ているという意味で、新しい〈わらべうた〉と言えるだろう。

かんからかんの
すっからかん
こーらのあきかん　けっとばせ
おひさま　かんかん
とんちんかん

かんからかんの
すっからかん
かんかんならせ　どらむかん
じかん　くうかん
ちんぷんかん

——このうたの特色は、まずなによりも、〈かん〉という同語同音の単純な繰り返し、しかも、それが七五調の変型である七六調の定型リズムと組み合わされて、規則的に繰り返されることだろう。そこにうたいやすい（覚えやすい）調子がうまれる。むろん、このリズムのこころよい単調さは、こどものうたとして意図されたものだが、しかし、それは同時になぞかけのような複雑な意味をかくしているので、読む詩としてもおもしろいのである。つまり、ここで〈かん〉は十六回でてくるが、〈あきかん〉の意味で用いられているのは、三行目《こーらのあきかん》ぐらいで、あとは全部別の意味である。おもしろおかしく〈かん〉が繰り返されるたびに、それは意味の上では多義的な、意外な表情をあらわにするので、おとなの読者をもあきさせない。言うまでもなく、こうした手法は、そのまま現代詩の高度な表現にも移行しうる。

この同語同音の繰り返しが、意味の変化を消去して、意図的にまちがえやすく、不規則に組み合わせられるならば、それは早口ことば（したもじり）になる。『わらべうた』には、早口ことばの試みがあるが、『ことばあそびうた』より、ほとんどしたもじりに近い作品「だって」の第一連を引用しておこう。

ぶったって
けったって
いてのてって
いったって

――こどものうただと思っていると、おとなでもどっきりするようなブラック・ユーモアが感じられる作品が幾編もある。『わらべうた続』で言うと、「やきもちやき」や「なんにもいらない　ばあさま」が、その類であろう。

なんにもいらない　ばあさまがいた
いえはいらぬと　ちかどうぐらし
きものもいらぬと　ふゆでもはだか
かねもいらぬと　まんびきばかり
じぶんもいらぬと　あっさりしんで

しぬのもいらぬと　またいきかえる

——これはまた、魔女ばあさんのように自由自在な〈ばあさま〉である。八七調のリズムを主調にして、〈いらぬ〉を繰り返しながら、非在の境へ越えていってしまうところがおもしろい。それにしても、『わらべうた』でいちばん谷川俊太郎的なおもしろさがでているのは、健康な男の子の攻撃的な感性が、きっぱりと表現されている「けんかならこい」や「わるくちうた」であろう。こうしたうたの類型で、彼は現代の〈わらべうた〉のリズムをつくったと言ってよい。

けんかならこい　はだかでこい
はだかでくるのが　こわいなら
てんぷらなべを　かぶってこい
ちんぽこじゃまなら　にぎってこい（「けんかならこい」第一連）

ウエイトレス

谷川俊太郎の自由なことばの運動は、彼自身の生きている実感とか、生活経験を無化するところに成り立っているようにみえるかも知れない。しかし、彼がむかし書いたエッセイのなかの《詩において、私が本当に問題にしているのは、必ずしも詩ではないのだという一見奇妙な確信を、私はずっと持ち続けてきた。私にとって本当に問題なのは、生と言葉との関係なのだ》（「私にとって必要な逸脱」）ということばは、彼にとってなお古びていない、と思う。ただ、それはより危険に満ちた関係として、彼のことばの運動を激化させているだけである。

もし、《生と言葉との関係》が、低い次元で結ばれているなら、生の実感は陳腐な心情の吐露になるだけであり、生活経験をうたうことが、その生きられた意味をスポイルすることになるだろう。経験を生かそうとするなら、むしろ、それをことばから追い出す仮構の水準が要求される。そのことは『対詩』のなかに収録されている「母を売りに」に、よく示されているのではないだろうか。

背に母を負い
髪に母の息がかかり
掌に母の尻の骨を支え
母を売りに行った（「母を売りに」第一連）

――この作品のリアリティは、この詩人の老母をめぐるプライベートなところでの痛切な体験を、ことばの表層からすべて追い出すところで獲得されている。詩人が実生活で直面したのは、おそらく母を売りに行くことと正反対の事態であろう。しかし、それにもかかわらず、いま、わたしたちが老人医療や看護、老人ホームや姥捨てとしてかかえこんでいる複雑な感情や悲哀は、まさしく母を売りに行くというニセの経験、アイロニカルな仮構のなかでこそ、真実の姿をさらすのである。使い古した宇宙服やからっぽのカセット・テープ、僅かな野花も並ぶ、喧噪に満ちた日曜日の市場に母を売りに行く男の光景には、わたしたちが現代という時間帯のなかで、共通に経験している幻影がある、と言っていいだろう。それは声高な告発や、安手なヒューマニズムの言説をうちくだくだけの力をもっているのである。

経験について同じことは、たとえばまったく異質な作品である、詩集『コカコーラ・レッスン』のなかの「交合」にも言えるだろう。萩原朔太郎は、草木姦淫の罪を、あらゆる罪悪の最上位に置いているが、谷川俊太郎も、羊歯類との交合を、この作品で魅惑に満ちためくるめく経験として描いている。

……その加速をうながすものが、私と、そして羊歯の欲望としか呼びようのないものであることを私は疑わなかった。私の身体の中の私でない生きものが、もっと、もっとと声にならぬ叫びをあげた。私は羊歯の葉に指先を触れたまま、ぎごちなくあせって下半身の衣服を脱いだ。裸の尻が落葉に接するや否や、羊歯と私を結ぶ感覚の流れは、めまいを感じさせるような速さにたかまった。もはや指先を触れているだけでは我慢できなかった。私は上半身の衣服をめくり上げ、身体を半回転させて、裸の胸で羊歯の上へおおいかぶさった。（「交合」部分）

——むろん、ここにあるのは万物照応とか自然交感などというものではない。もっと生理的、あるいは性的な欲望における植物との交感が描かれている。しかも、このエロティシズムは、どこまでも中性的であって、朔太郎のような病的な匂いがしない。ここにわたしは宇宙的な（ということは都会的なということでもあるが）かわいた感性を見る。

森林浴ということばがあるが、それとよく似た羊歯類との新鮮な交感、触覚を通じての快感はだれもが経験するだろう。しかし、それをエロチックな交合のイメージまでもっていったのは、詩人の夢想である。そして、その夢想された経験は、精密なことばの仮構においてこそ、いわば実際の経験以上のあやしいリアリティを獲得しているのである。詩人の自由なことばの運動は、おのれの隠された経験に依りながら、それを越えて、非人称的な現代の経験を生みだすのだ、と言ってよい。

さて、わたしはその仮構された経験の主格をなしている、詩人のさまざまな顔について、これまで語ってきた。むろん、その百面相のすべてについて語るのが目的でもないし、またそんなことがわたしに可能なわけでもない。彼の詩の読者は、自分の好きな顔を、そこからいくらでも見つけだすことができるはずだ。しかし、どの顔もおそらく

《世をしのぶ仮のすがた》をしているだろう。彼の作品に出てくるウエイトレスのように。

ウエイトレスは世をしのぶ仮のすがた——
そうウエイトレスは打ち明けました
ではウエイトレスは本当は何なのでしょうか
大日本秘密探偵有限会社の調査によると
彼女はうちに鰐と梟と黄金虫を飼っています
でもそれだけでは何も分かりません
さらに調査をすすめた結果
彼女の好きな食べものはビー玉らしい
それでも彼女が何者かは分かりません
果して彼女自身には分かっているのでしょうか（「ウエイトレス」）

引用の作品のうち、詩集名をあげてないものは、すべて『スーパーマンその他大勢』に収録されている。

本書は、一九八五年八月に刊行された角川文庫旧版を底本とし、集英社『谷川俊太郎詩選集』(1〜4)、思潮社『谷川俊太郎詩集』『谷川俊太郎詩集　続』ほかを参照しました。

改版にあたり、旧かなづかいを新かなづかいに改め、ひらがなの拗促音は作者の了解を得たものに限り、並字を小文字にしました。難読と思われる漢字には、作者の了解を得て、適宜ふりがなをつけました。

本詩集の中には、いざり、白痴、おしといった、現在では配慮すべき表現がありますが、作品発表当時の人権意識ならびに文学性などを考え合わせ、底本のままといたしました。

(編集部)

朝《あさ》のかたち

谷《たに》川《かわ》俊《しゅん》太《た》郎《ろう》詩《し》集《しゅう》Ⅱ

谷《たに》川《かわ》俊《しゅん》太《た》郎《ろう》

昭和60年 8月25日　初版発行
平成30年 11月25日　改版初版発行
令和6年 12月10日　改版9版発行

発行者●山下直久

発行●株式会社KADOKAWA
〒102-8177　東京都千代田区富士見2-13-3
電話　0570-002-301（ナビダイヤル）

角川文庫 21295

印刷所●株式会社暁印刷
製本所●本間製本株式会社

表紙画●和田三造

●お問い合わせ
https://www.kadokawa.co.jp/（「お問い合わせ」へお進みください）
※内容によっては、お答えできない場合があります。
※サポートは日本国内のみとさせていただきます。
※Japanese text only

ISBN 978-4-04-107667-5　C0192

角川文庫発刊に際して

角川源義

第二次世界大戦の敗北は、軍事力の敗北であった以上に、私たちの若い文化力の敗退であった。私たちの文化が戦争に対して如何に無力であり、単なるあだ花に過ぎなかったかを、私たちは身を以て体験し痛感した。西洋近代文化の摂取にとって、明治以後八十年の歳月は決して短かすぎたとは言えない。にもかかわらず、近代文化の伝統を確立し、自由な批判と柔軟な良識に富む文化層として自らを形成することに私たちは失敗して来た。そしてこれは、各層への文化の普及滲透を任務とする出版人の責任でもあった。

一九四五年以来、私たちは再び振出しに戻り、第一歩から踏み出すことを余儀なくされた。これは大きな不幸ではあるが、反面、これまでの混沌・未熟・歪曲の中にあった我が国の文化に秩序と確たる基礎を齎らすためには絶好の機会でもある。角川書店は、このような祖国の文化的危機にあたり、微力をも顧みず再建の礎石たるべき抱負と決意とをもって出発したが、ここに創立以来の念願を果すべく角川文庫を発刊する。これまで刊行されたあらゆる全集叢書文庫類の長所と短所とを検討し、古今東西の不朽の典籍を、良心的編集のもとに、廉価に、そして書架にふさわしい美本として、多くのひとびとに提供しようとする。しかし私たちは徒らに百科全書的な知識のジレッタントを作ることを目的とせず、あくまで祖国の文化に秩序と再建への道を示し、この文庫を角川書店の栄ある事業として、今後永久に継続発展せしめ、学芸と教養との殿堂として大成せんことを期したい。多くの読書子の愛情ある忠言と支持とによって、この希望と抱負とを完遂せしめられんことを願う。

一九四九年五月三日

角川文庫ベストセラー

SNOOPY COMIC SELECTION 50's
チャールズ・M・シュルツ
谷川俊太郎＝訳

かわいいだけじゃないスヌーピー。実は哲学的で面白い！ スヌーピーコミックが連載開始した記念すべき1作目も掲載している、50年代のベストコミック集。初めてスヌーピーコミックを読む人にぴったり。

SNOOPY COMIC SELECTION 60's
チャールズ・M・シュルツ
谷川俊太郎＝訳

3000本を超える60年代のコミックから面白いものを厳選して172本を紹介。かわいいだけじゃない哲学的なスヌーピーのコミックは、ファンならずともクスッと笑ってしまう。ピーナッツコミックの決定版。

SNOOPY COMIC SELECTION 70's
チャールズ・M・シュルツ
谷川俊太郎＝訳

初めて読む人にぴったりのスヌーピーのコミック集。哲学的だったり、生意気だったり……かわいいだけじゃないスヌーピーを堪能できる！ クスッと笑えるスヌーピーコミック。谷川俊太郎の新訳も必読！

SNOOPY COMIC SELECTION 80's
チャールズ・M・シュルツ
谷川俊太郎＝訳

80年代で注目すべきポイントは、スヌーピーに無償の愛を捧げるチャーリー・ブラウンと、全く意に介さないマイペースなスヌーピーという2人の微妙な関係。なんとも切なくて面白い！

SNOOPY COMIC SELECTION 90's
チャールズ・M・シュルツ
谷川俊太郎＝訳

スヌーピーコミックは、90年代になると、不器用なチャーリー・ブラウンがなぜかモテ期に突入!? 3人の女の子の間で気持ちが揺れ動き、悩みは増える一方……そして、ついに感動の最終回を迎えます。

角川文庫ベストセラー

SNOOPY COMIC
ALL COLOR 90's
チャールズ・M・シュルツ
谷川俊太郎＝訳
漫画「PEANUTS」のサンデー版1990〜2000年感動の最終回の中から90本を選り抜き、見開きに1本ずつオールカラーで掲載。デイリー版にないストーリーも満載でコミックの魅力が満喫できます。

SNOOPY COMIC
ALL COLOR 80's
チャールズ・M・シュルツ
谷川俊太郎＝訳
スヌーピーのパパが登場！ 1980〜1989年のサンデー版コミックのよりぬきベスト版。オールカラーで読み応えたっぷり。クスリと笑えるエピソード満載で、何度読んでも楽しめます!!

SNOOPY COMIC
ALL COLOR 70's
チャールズ・M・シュルツ
谷川俊太郎＝訳
スヌーピーのキスのお相手は……？ アメリカで50年にわたって親しまれたコミック「PEANUTS」のサンデー版1970〜1979年の中から90本を選り抜き、見開きに1本ずつ全編カラーで収録。

SNOOPY COMIC
ALL COLOR 60's
チャールズ・M・シュルツ
谷川俊太郎＝訳
4本足のスヌーピーの秘密が明らかに！ 1960〜1969年のサンデー版コミックのよりぬきベスト版をオールカラーでお届け。おなじみのスヌーピーとは違う、犬らしい行動にファンならずとも胸キュン。

SNOOPY COMIC
ALL COLOR 50's
チャールズ・M・シュルツ
谷川俊太郎＝訳
アメリカで50年間にわたって親しまれたコミック『ピーナッツ』のサンデー版1952〜1959年の中から90本を選り抜き、見開きに1本ずつ全編カラーで掲載。サンデー版第1回目のコミックも収録。

角川文庫ベストセラー

アンジェリーナ 佐野元春と10の短編
小川洋子

時が過ぎようと、いつも聞こえ続ける歌がある――。佐野元春の代表曲にのせて、小川洋子がひとすじの思いを胸に心の震えを奏でる。物語の精霊たちの歌声が聞こえてくるような繊細で無垢で愛しい恋物語全十篇。

妖精が舞い下りる夜
小川洋子

人が生まれながらに持つ純粋な哀しみ、生きることそのものの哀しみを心の奥から引き出すことが小説の役割ではないだろうか。書きたいと強く願った少女は成長し作家となって、自らの原点を明らかにしていく。

アンネ・フランクの記憶
小川洋子

十代のはじめ『アンネの日記』に心ゆさぶられ、作家への道を志した小川洋子が、アンネの心の内側にふれ、極限におかれた人間の葛藤、尊厳、信頼、愛の形を浮き彫りにした感動のノンフィクション。

刺繍する少女
小川洋子

寄生虫図鑑を前に、捨てたドレスの中に、ホスピスの一室に、もう一人の私が立っている――。記憶の奥深くにささった小さな棘から始まる、震えるほどに美しい愛の物語。

偶然の祝福
小川洋子

見覚えのない弟にとりつかれてしまう女性作家、夫への不信がぬぐえない妻と幼子、失踪者についつい引き込まれていく私……心に小さな空洞を抱える私たちの、愛と再生の物語。

角川文庫ベストセラー

夜明けの縁をさ迷う人々　小川洋子

静かで硬質な筆致のなかに、冴え冴えとした官能性やフェティシズム、そして深い喪失感がただよう――。小川洋子の粋がつまった粒ぞろいの佳品を収録する極上のナイン・ストーリーズ！

魔女の宅急便　角野栄子

ひとり立ちするために初めての町にやってきた13歳の魔女キキが、新しい町で始めた商売、宅急便屋さん。相棒の黒猫ジジと喜び哀しみをともにしながら町の人たちに受け入れられるようになるまでの1年を描く。

魔女の宅急便　②キキと新しい魔法　角野栄子

宅急便屋さんも2年目を迎え、コリコの町にもすっかりなじんだキキとジジ。でも大問題が持ち上がり、キキは魔女をやめようかと悩みます。人の願い、優しさ……キキは、再び新たな旅立ちを迎えます。

魔女の宅急便　③キキともうひとりの魔女　角野栄子

16歳のキキのもとへケケという少女が転がりこんできて、行く先々で怪しい様子を見せるので、キキの心は不安や疑いでいっぱいに……反発しあいながらも理解を深め成長していくシリーズ第三弾！

魔女の宅急便　④キキの恋　角野栄子

17歳になったキキ。遠くの学校へ通っているとんぼさんが、夏休みに帰ってくると喜んでいたキキのもとに、とんぼさんから「山にはいる」と手紙が届いて……。一歩一歩、大人へと近づいていくキキの物語。

角川文庫ベストセラー

魔女の宅急便
⑤魔法のとまり木
角野栄子

19歳になったキキ。あいかわらずそばには、相棒の黒猫ジジ。そんなジジにもヌヌとの素敵な出会いがありました。そして…長かったとんぼさんとの関係も大きく動き…。キキの新たな旅立ちの物語。

魔女の宅急便
⑥それぞれの旅立ち
角野栄子

キキとトンボさんが結婚して13年。13歳になって旅立ちのときをむかえる双子の姉弟と、キキをはじめおなじみのコリコの町の人たちの新たな旅立ちが、さわやかに描かれる。大人気シリーズついに完結！

ラスト ラン
角野栄子

「残された人生でやっておきたいこと」74歳のイコさんの場合は、5歳で死別してしまった岡山にある母の生家まで、バイクツーリングをすることだった。そこで出会ったのは、不思議な少女で……。

ズボン船長さんの話
角野栄子

小学四年生のケンは、夏休みにもと船長さんと知り合い、大事な宝物にまつわるお話をきくことに。それは、七つの海をかけめぐっての素敵なお話の数々だった。ケンともと船長さんの友情は、少しずつ強まっていく。

アイとサムの街
角野栄子

アイとミイは萩寺町に住む双子の姉妹。自作の自転車で、真夜中の散歩に乗り出した二人は、動物園で怪しい光を見る。そこでアイは、近くのマンションに住む少年オサム（サム）と出会い…!?

角川文庫ベストセラー

ナーダという名の少女　角野栄子

カルナバル（カーニバル）の国、ブラジル。15歳のアリコは、不思議な少女ナーダと出会う。自由奔放に生きる彼女が、孤独なアリコの目には眩しかった。サンバのリズムと鮮やかな色彩で描かれる幻想的な物語。

感傷コンパス　多島斗志之

昭和30年三重県の伊賀。新任の教師・明子は過疎地帯の分校に赴任した。濃緑の山里の空気とともに子どもたちと先生の温かくひそやかな心の交流や村の人々の秘密を丁寧に描き出す。ミステリアスで愛おしい物語。

いい部屋あります。　長野まゆみ

進学のために上京した鳥貝少年はある風変わりな洋館の男子寮を紹介される。その住人の学生たちも皆クセもの揃い。鳥貝少年は先輩たちに翻弄されつつも幼い頃の優しい記憶を蘇らせていき……極上の青春小説！

メルカトル　長野まゆみ

港町の地図収集館に勤め、慎ましい日々を送っていた孤児のリュスのもとに謎の地図が届いた瞬間から、彼の周辺で不可解な事件が起き始め――。やわらかな心をくすぐるロマンチックな冒険活劇。

兎の眼　灰谷健次郎

新卒の教師・小谷美美先生が受け持ったのは、学校で一言も口をきかない一年生の鉄三。心を開かない鉄三に打ちのめされる小谷先生だが、周囲とのふれ合いの中で次第に彼の豊かな可能性を見出していく。

角川文庫ベストセラー

海になみだはいらない　灰谷健次郎

泳ぎと潜りでは誰にも負けない島の少年・章太のクラスに、転校してきた佳与。すぐに島になじみ、明るく過ごす彼女が時に見せる寂しげな表情に章太は気付いていく。表題作他、名作児童文学七編を収録。

太陽の子　灰谷健次郎

ふうちゃんが六年生になった頃、お父さんが心の病気にかかった。お父さんの病気は、どうやら沖縄と戦争に原因があるらしい。なぜ、お父さんの心の中だけ戦争は続くのだろう？　著者渾身の長編小説！

わたしの出会った子どもたち　灰谷健次郎

十七年間の教師生活を通じて知った子供たちの優しさ、個性の豊かさ。どんな時も自分を支え、育んでくれた子供たちの持つ可能性の大きさと、人間への熱い思い。そして限りない感動に満ちた灰谷文学の原点。

我利馬の船出　灰谷健次郎

幼い頃から、生まれ変わって自由に生きたいと望み続けてきた16歳の少年・我利馬（ガリバー）は、自作のヨットでこの国を離れる決意をした。自立への道を模索する少年が苦難の末に行き着く先にあるものは？

子どもに教わったこと　灰谷健次郎

子供のための授業でなく、大人が子供から教わることは無限にある。著者があるときは生徒となり先生となり、子供の面白さと可能性を引き出してゆく。絵、詩、独自の面白授業をふんだんに盛り込んだ良書。

角川文庫ベストセラー

夜の果てまで　盛田隆二

俊介は偶然入ったラーメン屋で、ひそかに「Mさん」と呼んでいる彼女と遭遇した。彼女は俊介がバイトをするコンビニに、いつも土曜の夜にやってきては、必ずチョコレートをひとつだけ万引きしていくのだった。

アーモンド入りチョコレートのワルツ　森　絵都

十三・十四・十五歳。きらめく季節は静かに訪れ、ふいに終わる。シューマン、バッハ、サティ、三つのピアノ曲のやさしい調べにのせて、多感な少年少女の二度と戻らない「あのころ」を描く珠玉の短編集。

つきのふね　森　絵都

親友との喧嘩や不良グループとの確執。中学二年のさくらの毎日は憂鬱。ある日人類を救う宇宙船を開発中の不思議な男性、智さんと出会い事件に巻き込まれる。揺れる少女の想いを描く、直球青春ストーリー！

DIVE《ダイブ》!!（上）（下）　森　絵都

高さ10メートルから時速60キロで飛び込み、技の正確さと美しさを競うダイビング。赤字経営のクラブ存続の条件はなんとオリンピック出場だった。少年たちの長く熱い夏が始まる。小学館児童出版文化賞受賞作。

いつかパラソルの下で　森　絵都

厳格な父の教育に嫌気がさし、成人を機に家を飛び出していた柏原野々。その父も亡くなり、四十九日の法要を迎えようとしていたころ、生前の父と関係があったという女性から連絡が入り……。

角川文庫ベストセラー

リズム　森　絵　都

中学一年生のさゆきは、近所に住んでいるいとこの真ちゃんが小さい頃から大好きだった。ある日、さゆきは真ちゃんの両親が離婚するかもしれないという話を聞き……講談社児童文学新人賞受賞のデビュー作！

ゴールド・フィッシュ　森　絵　都

みんな、どうしてそんな簡単に夢を捨てられるのだろう？　中学三年生になったさゆきは、ロックバンドの夢を追いかけていたはずの真ちゃんに会いに行くが……『リズム』の2年後を描いた、初期代表作。

宇宙のみなしご　森　絵　都

真夜中の屋根のぼりは、陽子・リン姉弟のとっておきの秘密の遊びだった。不登校の陽子と誰にでも優しいリン。やがて、仲良しグループから外された少女、パソコンオタクの少年が加わり……。

ラン　森　絵　都

9年前、13歳の時に家族を事故で亡くした環は、ある日、仲良くなった自転車屋さんからもらったロードバイクに乗ったまま、異世界に紛れ込んでしまう。そこには死んだはずの家族が暮らしていた……。

気分上々　森　絵　都

〝自分革命〟を起こすべく親友との縁を切った女子高生、一族に伝わる理不尽な〝掟〟に苦悩する有名女優、無銭飲食の罪を着せられた中2男子……森絵都の魅力をすべて凝縮した、多彩な9つの小説集。